RICHIE

DU MÊME AUTEUR

CHIRAC PRÉSIDENT : LES COULISSES D'UNE VICTOIRE *(avec Denis Saverot)*, DBW-Rocher, 1995.

SEUL COMME CHIRAC *(avec Denis Saverot)*, Grasset, 1997.

CHIRAC OU LE DÉMON DU POUVOIR, Albin Michel, 2002.

LA FEMME FATALE *(avec Ariane Chemin)*, Albin Michel, 2007 ; J'ai lu, 2008.

L'ENFER DE MATIGNON : CE SONT EUX QUI EN PARLENT LE MIEUX, Albin Michel, 2008 ; Points, 2010.

LE DERNIER MORT DE MITTERRAND, Grasset/Albin Michel, 2010.

LES STRAUSS-KAHN *(avec Ariane Chemin)*, Albin Michel, 2012 ; Points, 2013.

RAPHAËLLE BACQUÉ

RICHIE

BERNARD GRASSET
PARIS

Photo de la bande : © Théophile Trossat.

ISBN : 978-2-246-78913-0

Nous arriverons un jour aux portes du royaume de Dieu…

Notre vie est déjà pleine de morts, et pour chacun le plus mort des morts est le petit garçon qu'il fut.

Et pourtant l'heure venue, c'est lui qui reprendra sa place à la tête de ma vie, rassemblera mes pauvres années jusqu'à la dernière, et comme un jeune chef ses vétérans, ralliant la troupe en désordre entrera le premier dans la maison du Père.

Georges Bernanos,
Les Grands Cimetières sous la lune,
extrait lu par Jean-Claude Casanova,
lors de l'enterrement
de Richard Descoings.

Le matin même de son départ à New York, trois jours avant sa mort, Richard Descoings envoya un message, comme une prémonition ironique, à ses collaborateurs : « Si l'on s'écrase, la messe aura lieu à Saint-Sulpice : Mozart à tue-tête, Plug n'Play au premier rang. Pas d'argent pour le cancer, tout pour les fleurs. »

La cérémonie grandiose que fut son enterrement ne respecta qu'à moitié ses directives. Les funérailles eurent bien lieu, le 11 avril 2012, à l'église Saint-Sulpice, au cœur de Paris, mais l'association Plug n'Play des « gays, lesbiennes, bis, trans, queer de Sciences Po » fut discrètement renvoyée sur les bords de la nef. A sa place, au premier rang, de l'autre côté des bancs réservés à la famille et aux amis accablés par le chagrin, s'installa le plus complet assortiment de la nomenklatura française.

Une demi-douzaine de ministres, les plus grands banquiers et des hauts fonctionnaires en pagaille. Le président Nicolas Sarkozy, retenu à l'étranger, avait téléphoné personnellement à la veuve le matin même. La moitié de l'équipe de campagne de François Hollande, en pleine bataille présidentielle, s'était déplacée. Un aréopage de costumes noirs encadrait le maire de Paris Bertrand Delanoë et les représentations étrangères avaient envoyé leurs ambassadeurs. Même l'Américain Barack Obama avait présenté, depuis la Maison-Blanche, ses condoléances.

Sur la place, une impressionnante procession de professeurs et d'étudiants en larmes, tenant une fleur blanche, patienta près d'une heure devant les barrières de métal érigées par la police avant de les franchir au compte-gouttes. L'église, malgré ses quelque trois mille places, était trop petite et des centaines de jeunes gens suivirent dehors la cérémonie, retransmise par des haut-parleurs. Des deux côtés du portail, on avait installé deux grandes photos du patron de Sciences Po, les mains levées comme pour une prière.

Je ne crois pas avoir vu en d'autres occasions, en France, une telle foule sentimentale. J'avais moi-même été une ancienne élève de Sciences Po avant l'arrivée de Descoings. J'y venais encore, de temps à autre, suffisamment pour constater l'énorme transformation qu'il y avait opérée. Je n'avais pas mesuré, cependant, la multitude des relations du directeur ni son charisme de rock star. Je l'avais rencontré une fois en tête à tête et j'avais été un peu désarçonnée par la courtoisie appliquée avec laquelle il exposait ses projets révolutionnaires et son regard un peu flottant, comme s'il avait bu. Une fois, surtout, j'avais entendu du hall un amphi hurlant ce diminutif que les étudiants lui donnaient : « Ri-chie ! Ri-chie ! » Mais je trouvais vaguement ridicule de se laisser aduler comme un Jim Morrison tout en dirigeant l'école du pouvoir. Toutes les époques ont leurs rois secrets. J'étais passée à côté de celui-ci.

Ce fut pourtant une sorte d'étrangeté de voir arriver ce cercueil au milieu des calices d'or et des cierges, entourés des étudiants catholiques de l'école venus servir la dernière messe de leur directeur. Quelques jours auparavant, le patron de la SNCF Guillaume Pepy et Nadia Marik, la femme de Descoings, avaient annoncé sa mort ensemble, sur les faire-part publiés dans la presse. Même le père Matthieu Rougé ne parut pas s'en formaliser. Le prêtre et confesseur des députés de la paroisse Sainte-Clotilde, à deux pas de l'Assemblée nationale, avait été appelé à la rescousse pour cette étonnante célébration. Comme les amis qui se succédèrent en un dernier hommage, il débuta son sermon en saluant pareillement l'épouse et l'ancien compagnon : « Chère Nadia, cher Guillaume »...

Richard Descoings, ce pirate des élites et des amours interdites, ce prince des médias dont la mort à cinquante-trois ans, une semaine auparavant dans un hôtel à New York, restait encore mystérieuse, était donc célébré comme une icône. Je me souviens qu'un professeur se pencha pour souffler à son voisin : « *Daemon est Deus inversus.* » Dieu et diable, les deux visages d'une même âme.

Des mois plus tard, le premier homme que j'interrogeai me répéta presque la même chose. C'était un conseiller d'Etat compassé, un de ces hiérarques qui masquent leurs secrets derrière un costume sans fantaisie. « Richard… Vous voulez en dire du mal ou du bien ? Parce qu'il y a matière à en faire un démon ou un saint, vous savez ! » Je compris vite qu'il avait raison.

Depuis, j'ai tout entendu sur lui. Comme souvent dans ces cas-là, chacun tenait un fragment contradictoire du personnage. On m'a parlé de son génie anticipateur et de sa mégalomanie omnipotente. De son attention bienveillante pour les étudiants et de la séduction perverse qu'il exerçait sur ses collaborateurs. De son homosexualité affichée et de son amour vrai pour sa femme.

La Cour des comptes avait rédigé un rapport cinglant sur sa gestion, mais de vieux messieurs honorables qui avaient siégé dans son conseil d'administration me prenaient souvent la main pour couper court aux critiques : « C'était un grand réformateur. » Un ministre a fini par reconnaître : « Dans n'importe quel pays anglo-saxon, un homme comme lui, s'asseyant sur tous les usages et les règlements, aurait sauté. Mais les élites françaises acceptent pour le bien de leurs enfants ce qu'elles refusent au commun des mortels. »

J'ai dû vite admettre que cet homme controversé avait aussi été follement aimé. Plusieurs garçons m'ont apporté des dizaines de mails échangés avec Richie et conservés avec soin. C'étaient des messages un peu adolescents, avec des fautes d'orthographe, balançant presque toujours entre le conseil fraternel et le flirt. Un collaborateur l'avait pris en photo pendant quinze ans. « M. Descoings, en costume-cravate, le jour de la rentrée de Sciences Po… Là, il pose avec les jeunes des ZEP… et ici, il vient de se faire décorer par Nicolas Sarkozy… » Images chromo d'un patron exceptionnel ? « Un roi de l'esbroufe politico-médiatique, oui ! » a balayé un président d'université rivale.

Un de ses ex-condisciples de l'ENA, enfin, après m'avoir brossé la galerie de portraits des plus brillants de sa promotion où Richard Descoings, curieusement, n'apparaissait pas, a eu soudain le regard noyé de larmes et ce cri d'effroi : « Et dire qu'on ne se souviendra que de lui ! »

Ce n'est pas le seul que j'ai vu ainsi pleurer. Toute une série d'hommes raisonnables, des habitués des antichambres du pouvoir, ont eu les yeux embués en évoquant sa personnalité hors du commun.

J'ai fini par comprendre qu'il y avait eu à la tête de l'école la plus en vue de la République une sorte de Don Juan visionnaire. Il avait bousculé les élites et frayé avec tous les présidents, transgressé les normes et happé tous les cœurs. Puis, soudain rappelé à l'ordre, une trappe métaphysique s'était ouverte sous lui comme sous les pieds d'un pendu, et il avait disparu, seul, dans une chambre d'hôtel. De son vivant, les personnages de cette comédie humaine avaient gardé le secret. Maintenant qu'il était mort, ils pouvaient enfin raconter son histoire.

Sur la photo de sa promotion, à l'ENA, on reconnaît ses yeux noirs et cernés dans un visage anguleux, à l'avant-dernier rang, tout en haut à droite. La plupart des garçons qui l'entourent sourient, engoncés dans leur costume-cravate. Pas lui. Le front haut, sous des cheveux rejetés en arrière, Richard Descoings affiche un visage juvénile et sombre. Il n'a pas encore vingt-cinq ans, navigue déjà entre deux mondes et c'est ce qui m'a égarée, au départ.

Dans tous les portraits que les journaux lui ont consacrés au temps de sa splendeur, j'ai retrouvé la même phrase avec laquelle il avait pris le parti de résumer sa jeunesse : « On ne peut pas faire plus lisse et plus linéaire. » J'ai bien failli, les premières semaines, tomber dans le panneau.

Depuis que j'ai plongé dans sa vie, aucun coup d'éclat notable, aucune particularité ne paraît susceptible de lui tracer le début d'une légende. L'enfance du chef ressemble à une litanie des meilleurs établissements parisiens : Louis-le-Grand, Henri-IV,

Sciences Po, l'ENA. Le jeune Richard n'est jamais sorti des quartiers bourgeois où ses parents, tous deux médecins, ont élu domicile dès sa naissance, le 23 juin 1958. Et même s'il s'est parfois inventé un décor de montagnes suisses et d'ateliers industrieux censés lui tenir lieu de racines ouvrières et protestantes, l'ensemble trace un tableau classique qui ne cadre pas tout à fait avec la réputation du personnage. Une chose a fini par me mettre sur la piste : aucun de ses anciens condisciples ne paraît vraiment se souvenir de ce qu'était le jeune homme sombre de la photo.

Une fois, deux fois, trois fois, il a passé le concours d'entrée à l'ENA. Une telle persévérance est rare. A deux reprises, les jurys l'ont collé à l'oral, comme s'ils avaient senti en lui quelque chose de faux sous l'apparence polie. A la troisième tentative, ils ont fini par le laisser entrer, en 1983. Mais à cette époque, le jeune Descoings est un garçon transparent pour la plupart de ses camarades. Cette personnalité si frappante, des années plus tard, n'apparaît alors à personne comme un concurrent sérieux pour sortir dans « la botte », ces grands corps qui vous offrent privilèges et protection.

En mai 1981, il a trinqué au champagne, le lendemain de la victoire de François Mitterrand, avec une bonne partie de sa « prep'ENA ». Mais depuis les premières désillusions de la gauche, on serait bien en peine de lui trouver le moindre engagement public. Le gros des élèves se maintient dans un attentisme politique prudent et Richard fait partie de ce « marais » de non-militants.

Guillaume Hannezo, le futur major de la promotion, qui deviendra plus tard le compagnon de la folie de Jean-Marie Messier à la tête de Vivendi avant d'intégrer plus sagement la banque Rothschild, l'a à peine remarqué. Pas plus que le futur secrétaire général de Nicolas Sarkozy à l'Elysée, Xavier Musca, qui talonne Hannezo pour les premières places. Je suis là, avec mes questions, et ces premiers de la classe sèchent : « Non, vraiment, le Descoings de l'ENA, c'était l'homme sans qualités. »

Au sein de la promotion Léonard de Vinci, on repère facilement Philippe Capron, un diplômé de HEC qui a déclaré tout de go : « Je serai le premier du classement de sortie ! » Jean-François Cirelli, un fils d'hôteliers venu de Savoie, passe pour un excellent skieur et un bon camarade. On s'amuse du formidable talent oratoire d'Olivier Debouzy, avec son allure de militaire et ses positions droitières affirmées. Celui-là a une culture iconoclaste et l'on sent le goût pour la joute qui le fera bifurquer, plus tard, vers le métier d'avocat. Le plus original vient pourtant de Normale sup. Marc Lambron est passionné de rock et de littérature et, parmi tous ces jeunes gens qui s'imaginent trésorier-payeur général ou ministre, il est le seul qui ne cache pas son aspiration à devenir écrivain.

Hélène Vestur, aussi, fait sensation, avec son intelligence brillante et sa beauté blonde. La jeune fille, murmure-t-on, a fait une apparition dans un film de James Bond, et plusieurs Don Juans de la promotion annoncent régulièrement leur intention de la conquérir. Même le directeur des études a fait remarquer avec une galanterie appuyée : « Il faudrait peut-être lui couvrir le visage, avant les oraux, afin de ne pas risquer une rupture du principe d'égalité entre les élèves… » D'elle, tout le monde se souvient avec nostalgie. Comme on se remémore la déception qu'elle suscita plus tard, en épousant Jean de Luxembourg, un prince sans trône, qui renonça à ses droits de succession pour se lancer dans les affaires, et dont elle a depuis divorcé.

Richard, lui, semble se tenir en réserve. Lorsqu'il a fallu baptiser la promotion, droite et gauche se sont affrontées, comme toujours. Oh, c'est plus un jeu de rôle qu'un véritable clivage. Depuis que les socialistes au pouvoir ont annoncé le tournant de la rigueur, le réalisme économique semble l'avoir emporté sur les idéologies. Guillaume Hannezo a tout de même proposé « Salvador Allende », pour marquer le coup et parce qu'il est certain que jamais, au grand jamais, les futurs énarques ne choisiront le nom du président chilien renversé dix ans plus tôt par Pinochet.

La bataille s'est ensuite jouée entre Montaigne, porté par la gauche, et Richelieu, héros de la droite. Le moraliste de la Renaissance contre le cardinal, conseiller des monarques absolus. Pour s'éviter le ridicule de déchirements homériques mais vains, un esprit consensuel a finalement proposé Léonard de Vinci, génie incontestable mais sans aspérité politique. Personne ne se souvient que l'élève Descoings ait seulement pris la parole. Dans les conférences, d'ailleurs, le jeune homme affiche un je-ne-sais-quoi de complexé que les autres ont mis sur le compte de ce léger chuintement quand il parle, comme si un peu d'enfance lui était restée au fond du palais.

Lors de la première rentrée de la promotion, le ministre des Affaires sociales, Pierre Bérégovoy, est venu engager les futurs énarques à s'intéresser de plus près à leurs concitoyens. La gauche a renoncé à nationaliser l'économie mais elle n'a pas abandonné l'ambition de changer les mentalités et elle juge que les hauts fonctionnaires n'ont pas la fibre sociale. Chaque année, c'est la même chose. Les premiers du classement de sortie de l'ENA choisissent l'Inspection des finances, la Cour des comptes, le Conseil d'Etat. L'Education nationale et les Affaires sociales sont pour les derniers.

C'est bien la première fois que l'école du pouvoir

accueille en son sein un ministre seulement muni de deux CAP. « Vous ne ferez plus seulement un stage en préfecture, a assené “Béré” avec un peu de gourmandise. Vous passerez désormais aussi quelques semaines au sein des organismes de santé ou de solidarité, à la DDASS, dans les hôpitaux, ou l’ANPE. » Remous dans l’assemblée. Olivier Debouzy s’est aussitôt insurgé : « Vous voulez donc transformer les serviteurs de l’Etat en assistantes sociales ? » Mais enfin, les étudiants ont dû plier.

Depuis son entrée à l’école, Richard Descoings enchaîne donc les stages. Il a été reçu quelques semaines au Bureau d’aide sociale de la Ville de Paris et à la préfecture de Chambéry. Afin de se frotter – très fugitivement – à la vie des ouvriers, le Parisien des beaux quartiers a séjourné un mois chez Procter & Gamble, dans la zone industrielle d’Amiens, en 3/8 et en bout de chaîne, à la mise en cartons des savonnettes de la firme. Puis, deux mois encore à la direction du marketing à défendre les mérites comparés des lessives. C’était sa première longue sortie hors du triangle d’or qui va de la montagne Sainte-Geneviève au quartier des ministères. Pierre Bérégovoy en aurait été ravi ou peut-être accablé…

Qui s’en soucie vraiment, à l’ENA ? Aucun de ses condisciples les plus en vue ne lui jette un regard. Tout juste ont-ils noté qu’il peut être mauvais camarade lorsqu'il s'agit de compétition. A leur retour de stage, les élèves doivent travailler par groupes de dix, composés aléatoirement par la direction de l'école, sur un rapport ayant trait à une question sociale, encore un vœu de la gauche.

L'un de ces groupes planche sur ces cités de banlieue que l'on appelle pudiquement « quartiers sensibles ». A Matignon, le Premier ministre Pierre Mauroy vient justement de nommer une commission sur le même sujet. Les futurs énarques ont donc proposé leurs services et placé fièrement, en introduction à leur rapport de deux cents pages, la lettre de mission envoyée sur papier à en-tête de Matignon par le cabinet du chef du gouvernement.

C'est plutôt une bonne idée que des étudiants se confrontent ainsi aux réalités. Mais Richard Descoings s'est aussitôt inquiété de la note avantageuse que les dix élèves pourraient obtenir, alors que les plus ambitieux sont engagés dans cette course au classement de sortie qui doit déterminer toute leur carrière. Avec un autre condisciple, il est allé trouver le directeur des études pour faire annuler la lettre de Matignon au nom de la rupture du principe d'égalité. Les deux procéduriers ont gagné la partie et cette petite mesquinerie n'a pas renforcé sa popularité déjà mince.

Comment a-t-il fait pour remonter la pente ? Personne, aujourd'hui encore, n'est capable de le dire.

Richard ne faisait pas partie des cercles d'amitiés les plus en vue. Il n'appartenait à aucune des écuries de ces bêtes à concours qui se surveillaient depuis deux ans. Et pourtant, à l'ahurissement général, lors du classement de sortie au printemps 1985, ce garçon transparent a obtenu la dixième place. Couronné dans la fameuse « botte » qui rassemble les meilleurs élèves. Il a choisi le Conseil d'Etat. On y dit le droit, et la rumeur parmi les énarques affirme qu'on y a du temps libre.

Ce coup d'éclat décisif est resté une surprise pour presque tous. Il est d'usage à l'ENA de laisser aux élèves le loisir de choisir s'ils veulent que leurs notes soient connues de tous ou pas. Les hâbleurs, les bons éléments les rendent publiques quand les stratèges ou ceux qui peinent les occultent. Depuis deux ans, Richard cachait les siennes afin que personne ne sache où le situer... Le jour de ce fameux classement qui a brisé les espoirs des uns et assuré l'avenir des autres, l'un de ses condisciples, outré de voir ce garçon qu'il tenait pour insignifiant rafler une place dans l'Olympe des grands corps, s'est avancé vers lui avec ce cri du cœur : « Mais tu es qui, toi ? »

Tu es qui ? Est-il ce jeune homme de vingt-sept ans, lisse et d'une discrétion exemplaire dont la seule originalité est d'être toujours vêtu avec soin ? Ou l'autre, celui que les énarques tendus vers leurs carrières n'ont pas vu venir ?

Depuis déjà quelque temps, Richard mène une sorte de double vie. Côté pile, c'est un bûcheur contraint par les règles de l'ambition. Côté face, un oiseau de nuit, amateur de fêtes, d'ombres secrètes et de garçons. Il a partagé sa vie entre la carrière et le plaisir. Enarque le jour, il est homo de minuit à l'aurore.

Ce sont des années bénies où Paris danse tous les soirs, et Richard aime danser. Tous ceux qui l'ont vu chalouper sur une piste se souviennent encore de son corps souple, de ses pantomimes rythmées, de sa façon de composer des figures syncopées dont l'érotisme n'est jamais tout à fait absent.

Lorsqu'il était étudiant à Sciences Po, il a découvert le Palace, où le propriétaire des lieux, Fabrice Emaer, un mètre quatre-vingt-douze et la mèche blond platine, accueillait ses clients d'un « Bonsoir bébé de rêve ! ». Depuis, il y revient sans cesse, en alternance avec des virées aux Bains-Douches, où la faune des noctambules vient s'enivrer de musique techno.

Le fils de bonne famille a ouvert la porte de sa cage avec un emballement impossible à contenir plus longtemps. Il a une fringale d'expériences en tous genres et de sexe. On le voit dans les bars de la rue Sainte-Anne et dans les boîtes du quartier des Halles, il fréquente les « jeudis gais » de l'Opéra Night, le sauna du Continental Opéra, et tous ces lieux de rencontre et de plaisirs qui ont fleuri à la fin des années 1970 et au début des années 1980.

A l'ENA, il n'a connu peu ou prou que des jeunes gens de son milieu, celui de la bourgeoisie éduquée. La nuit, lorsque les garçons se frôlent et s'embrassent, toutes les surprises sont permises et il n'y a plus de barrière de classe. Qui pourrait deviner, dans l'ombre des backrooms, la carrière qui lui est promise ?

Dans cette nouvelle société de la nuit et de la fête, les homosexuels animent la plupart des scènes à la mode. C'est un mouvement joyeux qui s'avance sans poing levé, mais en dansant sur de la musique disco. « *There's no need to be unhappy / Young man, there's a place you can go* », chantent les Village People, idoles des jeunes gays new-yorkais, dont les tubes passent en boucle au Palace. Tout le monde couche avec tout le monde dans une douce odeur de poppers. C'est follement gai, terriblement mondain et somptueusement décadent.

Depuis qu'il s'autorise à vivre comme il l'entend, une fois la nuit venue, Richard a le sentiment d'avoir goûté à une drogue inconnue et puissante. Il a découvert une nouvelle élite, fondée non plus sur le diplôme mais sur la beauté, l'aisance et la notoriété. Le soir, lorsque le sage énarque enlève son costume et sa cravate pour enfiler pantalon de cuir et tee-shirt moulant et plonger dans la nuit, il ne sait plus très bien laquelle des deux tenues est un déguisement.

Je ne sais pas comment il a fait pour se cacher si longtemps. Pendant plusieurs années, Richard n'a offert qu'une moitié de son visage. Il faut l'imaginer arrivant au Conseil d'Etat après une courte nuit, son masque de fonctionnaire posé sur celui du fêtard. Le voilà qui pénètre dans la cour pavée de la place du Palais-Royal ; il grimpe avec son gros cartable le splendide escalier de pierre menant à la section du contentieux où il est affecté… Dans cet endroit superbe où de lourds tapis étouffent tous les éclats, qui peut savoir ?

Le jour de l'arrivée des nouveaux diplômés de l'ENA, le secrétaire général a adressé ce message de bienvenue aux jeunes auditeurs : « Le Conseil fonctionne comme un ascenseur. Vous y entrez et vous montez ! » La réussite, pense Richard, passe par un art consommé du camouflage.

Il s'y entend si bien que son voisin de séance, Olivier Challan Belval, ne se doute de rien. Ce grand garçon blond, de six ans son aîné, est un ancien commissaire de la marine, qui a atterri au Conseil presque en même temps que Richard. A l'armée, lui aussi a caché pendant des années son homosexualité, « de peur, dit-il, qu'on ne l'écarte du rang des officiers ». L'année de son arrivée au Conseil d'Etat, en 1985, une loi a pourtant interdit toute discrimination au sein de la fonction publique, mais il se méfie encore. Challan Belval et Richard travaillent côte à côte, si discrets sur eux-mêmes qu'ils n'ont pas compris qu'ils pouvaient se faire confiance.

Il existe pourtant, au sein du Conseil, une sorte de sous-société dont on ne parle que par allusion. Richard n'a pas mis longtemps à comprendre qu'à mille lieues des « folles » du Palace, l'institution si classique et empesée abrite un petit cercle d'« invertis » dont beaucoup se retrouvent au Gymnase Club du Palais-Royal.

Au Quai d'Orsay, de l'autre côté de la Seine, l'homosexualité est traditionnellement mieux admise. Une certaine version de la sociologie de comptoir veut que les familles aristocratiques ou de la haute bourgeoisie aient longtemps orienté les fils soupçonnés d'aimer les garçons vers la diplomatie, afin d'exporter autant que possible les sujets de scandales vers de lointains pays et le secret des ambassades. Sur la rive droite où siège le Conseil d'Etat, la plupart des membres de ce phalanstère informel vivent leurs goûts en *closet queen*, cachés et parfois même mariés. Malheureux barons de Charlus déguisés en époux corsetés...

Il faut croire que ces subterfuges ne font pas toujours illusion. Entre eux, les hauts fonctionnaires appellent les Affaires étrangères « le Gay d'Orsay » et les juges du Palais-Royal « le Conseil des tatas ». Mais à force d'être moqués, les homos du Conseil ont fini par former de petites coteries pudiques, pratiquant de prudentes formes de soutien.

Pendant plus d'un an, Richard se contente de montrer à leur endroit la solidarité des minoritaires. Adressant un sourire de connivence à un commissaire du gouvernement énonçant avec raideur ses conclusions quand, la veille encore, il l'a vu entrer furtivement dans un bar du Marais. Il n'a dit à personne, pourtant, ce qui le préoccupe et l'a amené à pousser la porte d'une petite association de lutte contre ce que les journaux appellent déjà le « cancer gay ».

Depuis des mois, il est aux premières loges. Des garçons qui autrefois participaient à des sabbats échevelés disparaissent brutalement. Des figures de la nuit meurent seules chez leur mère. On raconte des histoires affolantes de copains croisés par hasard et méconnaissables, le corps amaigri, couvert de taches violettes.

Dans les hôpitaux, où sont arrivés les premiers malades, on croirait revenu le temps des grandes pestes, lorsque les médecins masquaient leur visage derrière de longs becs blancs. Richard en est resté stupéfait, lorsqu'il est venu rendre visite pour la première fois à cet ami, si pâle et isolé, à qui personne n'ose dire ce qu'il a.

Le jeune homme est ballotté de service en service. Le personnel soignant n'entre dans la chambre que botté, masqué, ganté comme s'il accomplissait une sortie dans l'espace, vers une planète inconnue. On ponctionne ses ganglions, on lui administre des potions étranges. Lorsque Richard vient, les infirmières s'éloignent comme s'il était lui aussi contagieux. Un médecin lui a confié à demi-mot le pronostic mortel, mais aucun membre de l'équipe soignante n'a jugé bon d'informer le malade. Personne, surtout, ne prononce devant lui ce mot encore neuf de sida.

C'est à pleurer de rage que d'agoniser ainsi sans savoir. Richard en est encore tenaillé par la honte. Il a su avant ce jeune compagnon ce qui l'attendait mais par peur, par conformisme, par soumission à l'autorité médicale, n'en a rien dit. Depuis, le visage du garçon le hante. Il revoit les yeux enfoncés dans les orbites, les joues creuses, la bouche sèche et cette main à la peau décharnée que le contact du drap paraissait brûler.

C'est parce qu'il y repense sans cesse qu'il est venu, un soir de février 1985, dans ce bel appartement de la rue du Cherche-Midi, où une trentaine de personnes sont réunies. L'un de ses amis de la nuit, Nicolas Nathan, le fils des éditeurs de livres scolaires, l'a traîné jusque-là. « Viens ! Ils viennent de fonder une association de lutte contre le sida. Cela s'appelle Aides, comme aider et comme sida en anglais. Il faut que tu soutiennes ça ! » Richard a déclaré qu'il passerait « pour voir » et a amené avec lui son petit ami du moment.

Il s'attendait à tomber sur un cercle de malades. Une réunion un peu sinistre et endeuillée où il pourrait payer le tribut de sa culpabilité. Il a trouvé, ce soir-là, tout le contraire. C'est un club éclectique, séduisant et très chic. Une assemblée de beaux parleurs pleins d'humour et déterminés à agir. Le charmant brun et baraqué qui a ouvert la porte en souriant est Frédéric Edelmann et l'appartement est celui de ses parents. Richard a déjà lu des articles sous sa signature, dans *Le Monde*, où Frédéric est spécialiste d'architecture. C'est un homme cultivé et énergique. Un combattant des premiers instants. Son petit deux pièces, rue Michel-le-Comte, à deux pas du centre Georges-Pompidou, sert déjà de base arrière aux permanences téléphoniques qu'Aides tient chaque soir pour répondre aux innombrables questions qui entourent cette maladie inconnue : « Comment l'attrape-t-on ? », « Comment reconnaître les symptômes ? », « Comment s'en protéger ? »

On remarque tout de suite, à deux pas, un magnifique et rayonnant garçon, châtain aux yeux bleu-vert, d'une minceur élégante. Toute l'assemblée l'appelle tendrement « Gigi » et il parle du virus avec la précision d'un savant. Jean-Florian Mettetal a été mannequin pour payer ses études mais il est avant tout médecin, généraliste en ville. Depuis quelques mois, il effectue des vacations au sein du service d'immunologie de l'hôpital Necker avec un groupe de chercheurs. Gigi connaît déjà tous les médecins qui, autour du Dr Willy Rozenbaum, se sont lancés dans cette course mondiale pour comprendre ce syndrome ravageur.

A deux pas de lui, à peine moins gracieux, le romancier Gilles Barbedette, avec son visage pâle et sa beauté romantique, paraît sorti d'un roman des sœurs Brontë. Barbedette est d'ailleurs un spécialiste de la littérature anglaise qu'il traduit, entre deux articles pour le magazine homosexuel *Gai Pied* dont il est l'un des rédacteurs. Il est venu accompagné de l'écrivain américain Edmund White dont il a transposé en français *The Joy of Gay Sex* et *A Boy's Own Story*, deux romans salués par la critique alternative et l'essayiste Susan Sontag. On trouve encore, debout derrière les fauteuils, quelques médecins, des critiques d'art, un ancien prix de beauté du Palace et une infirmière, Dominique Laaroussi.

C'est l'une des rares femmes de cette communauté de haut vol. Elle aussi est venue, comme Richard, après avoir vu l'un de ses amis placé dans une quasi-quarantaine à l'hôpital, isolé dans une chambre où le personnel osait à peine entrer. Lorsque la surveillante du service l'a prise à part pour la prévenir, « Votre ami a le sida, vous ne devriez pas laisser votre fille l'approcher », alors que personne n'avait jamais livré le moindre diagnostic au patient alité, elle s'est dit qu'il fallait faire quelque chose. Depuis, elle assure avec Philippe Le Thomas, un médecin spécialiste de l'accompagnement des mourants, la formation des volontaires qu'Aides envoie dans les hôpitaux auprès des malades. Philippe Le Thomas sort d'une retraite dans un monastère bénédictin, Dominique Laaroussi est franc-maçonne. Leur attelage est l'un des piliers de l'association.

Richard a vite saisi qui est à l'origine de cette soirée. N'importe qui l'aurait compris, d'ailleurs, à écouter le silence qui s'est fait pour laisser place au verbe précis de l'homme qui, jusque-là, se tenait en retrait. Séduisant quadragénaire, Daniel Defert porte sur ses épaules, depuis le 4 décembre précédent, la création d'Aides. Un sentiment d'urgence et de révolte ne l'a pas lâché depuis la mort, quelques mois plus tôt, le 25 juin 1984, de son compagnon, le philosophe Michel Foucault.

Autour de lui, rares sont ceux qui savent la somme de mensonges et de dénis que Defert a dû affronter en l'accompagnant dans les hôpitaux. Pendant des mois, les deux hommes sont restés dans l'ignorance de la vérité, jusqu'à ce que Daniel découvre, inscrit sur le registre de l'hôpital de La Pitié-Salpêtrière où Foucault venait de vivre ses derniers instants, « Cause du décès : sida ». Quelques jours avant la mort du philosophe, alors que Daniel Defert posait encore la question au médecin, celui-ci lui avait répondu : « Mais s'il avait le sida, je vous aurais examiné ! » Et cette réponse lui avait paru d'une logique si implacable qu'il n'a compris qu'ensuite le scandale qu'elle recouvrait : des médecins pouvaient donc sciemment mentir à leur patient et exposer son compagnon à un risque de contamination par peur sociale devant une maladie taboue.

Defert est un ancien de la Gauche prolétarienne, dont il a gardé l'intellectualisme sans la rhétorique léniniste. Avec Foucault, il a combattu les conditions d'incarcération dans les prisons, l'enfermement des hôpitaux psychiatriques et l'humiliation réservée aux travailleurs immigrés. Autant dire qu'il appartient à un univers presque totalement ignoré de Richard. Jamais ce dernier, avec son blazer sage et sa séduction bourgeoise, n'a milité dans aucune forme que ce soit d'association ou de parti politique. Mais ce qui le frappe d'emblée ce soir-là, dans cette petite élite cultivée, c'est sa générosité et « ce sentiment, reconnaîtra-t-il plus tard, de travailler pour des tiers et non pour soi-même ». Les jeunes énarques qu'il fréquente se targuent sans cesse de vouloir « servir l'Etat ». Mais qu'est-ce que l'Etat s'il abandonne les hommes confrontés à la maladie et à la mort ?

La majorité des malades sont homosexuels. Pour la plupart homosexuels eux-mêmes, les premiers militants d'Aides ont compris que le processus de socialisation des jeunes gays, la multiplicité de leurs partenaires et cette liberté sexuelle qui leur paraissait un miracle peuvent être un vecteur foudroyant de l'épidémie. Richard est terrifié à l'idée que la maladie va frapper essentiellement les plus jeunes. « Un gosse de dix-sept ans a suffisamment de problèmes à résoudre, ne serait-ce qu'au regard de sa sexualité, pour devoir se confronter de surcroît à la difficulté de rechercher une information qui, du reste, n'est pas agréable à découvrir », dit-il. Il n'a pas trente ans et sait trop bien comme lui-même s'est jeté dans ces amours d'un soir.

Il a peur. Tous ceux qui sont à Aides ont peur. Gilles Barbedette se sait déjà contaminé mais continue de le cacher à son compagnon, Jean Blancard, malade, afin que ce dernier ne s'en croie pas responsable. D'autres se font dépister sans rien dire. Beaucoup ont été volontaires pour donner leur sang afin de permettre l'étalonnage des premiers tests. Mais chacun évite d'évoquer à voix haute sa situation. Cette façon de s'oublier au bénéfice d'une cause d'intérêt général a tout de suite plu à Richard. Pour la première fois, le jeune énarque a le sentiment de son utilité.

Un mois après son arrivée à Aides, Richard a assisté aux premières réunions d'information organisées dans les bars gays des Halles qu'il fréquentait jusque-là dans l'espoir de faire des rencontres. Elles ont lieu au Piano Zinc, au Broad, au Sling et désormais tous les dimanches au Duplex, un bar dont le patron Joël est accueillant et qui présente la commodité supplémentaire d'être juste au-dessous de l'appartement de Frédéric Edelmann.

C'est une bonne leçon d'optimisme militant, de management par le charme, que ces réunions. Le public qui s'y rend craint toujours un peu les discours catastrophistes. Alors Edelmann et son compagnon Jean-Florian Mettetal en rajoutent dans la séduction. Ils coordonnent leurs polos, font assaut d'humour et d'œillades. Bientôt, les jeunes gays viennent s'informer mais aussi voir « Fredo » et « Gigi ».

Dès qu'il a été libéré de la compétition de l'ENA et diplômé, le jeune conseiller d'Etat s'est proposé pour rédiger les statuts de l'association et offrir une organisation juridique plus stricte à un mouvement militant qui s'est d'abord construit dans l'urgence. Richard n'est pas le seul haut fonctionnaire à venir, le dimanche soir, aux réunions du Duplex. Mais il est le seul à s'engager avec une telle constance et une telle efficacité.

Parfois, il se sent un peu décalé, dans ce milieu d'intellectuels joyeux et non conformistes. Et puis, la certitude qu'ont ces militants éduqués, engagés le plus souvent à gauche, de pouvoir réformer le fonctionnement du système de santé, le laisse sceptique. « Il s'est créé une bulle d'illusion », constatera-t-il plus tard. Mais il doit reconnaître que se déploie chaque jour devant ses yeux une sorte de cas d'école de la façon dont l'Etat, sous la pression d'une épidémie mondiale et par la volonté farouche d'un groupe de combattants, peut enfin bouger.

Richard a pris l'habitude de se rendre presque tous les jours aux réunions d'Aides. « Le Conseil d'Etat, c'est un mi-temps », a-t-il décrété. Il ne s'y passe rien, ou du moins rien d'aussi important que de lutter contre cette pandémie qui décime ses compagnons de la nuit.

Sur les bureaux du Conseil, les dossiers s'entassent, formant des montagnes déprimantes de papier. Les délais de jugement s'étirent sur trois ou quatre ans et même les plus motivés ont le sentiment d'être dans la position de Sisyphe remontant éternellement son rocher.

Le jeune Descoings a vite compris qu'il convient de se trouver des dérivatifs, en attendant mieux. Son ancien condisciple de l'ENA, Marc Lambron, écrit ses premiers romans. D'autres sont partis dans le privé, convertis à l'idéologie des années 1980, celle de la fin de l'Etat tout-puissant, de la réussite individuelle et de l'argent facile. C'est la première fois que Richard, l'enfant privilégié des beaux quartiers, a le sentiment d'accomplir quelque chose pour les autres. Et puis, à Aides, il n'est plus nécessaire de se cacher.

De ses bureaux qui jouxtent le Palais-Royal jusqu'à la rue Michel-le-Comte, à quelques centaines de mètres des Halles, il y a tout juste une demi-heure de marche. C'est suffisant pour retirer sa cravate et déboutonner son armure de haut fonctionnaire. Au Duplex, on peut bien le plaisanter sur son allure classique, chacun a expérimenté, d'une manière ou d'une autre, ce dédoublement de soi et cette façon de se débarrasser de ses oripeaux.

Le travail, au sein de cette petite troupe, est enthousiasmant, désordonné et chaleureux. On se drague et on s'engueule, on dévore les revues médicales internationales et on dîne le soir au restaurant pour prolonger le plaisir d'être ensemble. Chacun est peu ou prou amoureux du beau Jean-Florian Mettetal, mais lorsqu'il rentre de voyage, Daniel Defert rapporte des colifichets à tous afin de pouvoir offrir pudiquement un cadeau à Richard, pour lequel il a eu un coup de cœur.

Le conseiller d'Etat a impulsé une nouvelle organisation plus rigoureuse. On archive tout désormais, le courrier reçu et les réponses apportées par l'association. « Nous sommes devenus plus pointilleux qu'une préfecture », s'amuse parfois Defert. Daniel Lemaire, le jeune cuisinier d'un café-théâtre, se charge de l'ensemble du courrier, avec une orthographe impeccable. Entre ce garçon, rond et charmant, et le grand et mince Descoings, le tandem abat un travail de forçat, constituant un système de documentation inégalé sur le sida qui sera plus tard déposé aux Archives nationales.

Les premiers mois, Richard s'étonnait de l'absence de discussions idéologiques parmi ces personnalités brillantes et politisées. Il a fini par comprendre que ces garçons pratiquent la séduction et l'humour comme un bouclier d'airain contre un monde d'effroi.

Lui-même a suivi jusqu'au bout la formation de soutien aux malades dispensée par Dominique Laaroussi et Philippe Le Thomas. Tous les vendredis soir, il faut rejoindre leur groupe, dans les sous-sols d'une église du XVIIe arrondissement, près de la porte Maillot, parce que Aides ne veut pas apparaître comme une association d'homosexuels et qu'il faut bien sortir des quartiers gays.

C'est une formation éprouvante. Puisque les hôpitaux traitent encore les malades du sida en pestiférés, ils ont imaginé de constituer une petite armée de volontaires capables de déjouer les mensonges de l'institution et d'accompagner les mourants. Dans ces sessions hebdomadaires, on apprend à interpréter les signes de la pathologie, à reconnaître les infections opportunistes et à comprendre le parcours des patients. Savoir lire la pancarte accrochée à un lit d'hôpital, c'est pouvoir repérer les examens invasifs et douloureux auxquels le malade sera soumis et lui permettre d'exiger des anesthésiants, alors que jusqu'ici le traitement des jeunes gens contaminés ressemble à des séances de torture. Il faut savoir défricher les problèmes juridiques, aider les malades à mettre leurs papiers en ordre et se préparer à les assister jusqu'aux derniers instants. Des photos circulent, détaillant les ravages de la maladie : mieux vaut être prévenu avant de rencontrer un jeune garçon défiguré par le sarcome de Kaposi, ce cancer qui provoque plaies et taches sur la peau.

Pour clore ce « stage », Aides fait passer des QCM aux volontaires, puis, afin que chacun mène sa propre réflexion sur ses représentations de la mort, elle organise des jeux de rôle qui consistent à « se voir mourir » à l'hôpital... L'épreuve est parfois si rude pour ces volontaires, dont beaucoup sont eux-mêmes séropositifs, que certains s'évanouissent, incapables de supporter cette agonie simulée. Mais la sélection est d'une rigueur absolue. L'énergique Dominique Laaroussi ne veut pas envoyer auprès des malades des amateurs qui pourraient flancher. Daniel Defert a rapporté, du Terrence Higgins Trust de Londres, des techniques pratiquées par les groupes de parole qui, en Angleterre, mènent la même guerre. Les participants d'Aides ont ainsi appris à gérer leurs peurs et leurs émotions en s'enlaçant les uns les autres dans une tentative de réconfort collectif qui, au début, a désarçonné Richard avant qu'il ne comprenne combien, dans cette proximité quotidienne avec la mort, ce moment de chaleur était utile.

Avant d'être considéré comme capable d'accompagner les malades, il faut encore passer un entretien avec le psychiatre Didier Seux, admirable d'humanité mais si perspicace sur les faiblesses de chacun. « Tu sais ce que c'est qu'un pédé ? s'amuse Seux. C'est un mec qui a décidé d'être encore pire que sa mère… » On en rit. Richard note consciencieusement à l'encre bleue, sur des cahiers d'écolier que Frédéric Edelmann a conservés, ces cours que ne dispense aucune école. « C'est, après le concours de l'ENA, la chose la plus difficile que j'aie connue », juge sans ironie le jeune conseiller d'Etat.

Lorsqu'il regarde ces hommes et femmes lancés dans cette course contre la maladie et la mort, Richard se dit qu'il a plus appris auprès d'eux que dans cette école du pouvoir qu'il s'est acharné à intégrer. Il a pourtant parfois le sentiment de ne pas tout à fait appartenir à cette petite élite intellectuelle et politique formant le noyau dur d'Aides. C'est comme s'il nourrissait une sorte de complexe culturel devant ces garçons qui se connaissent et paraissent avoir tout lu, passent leurs vacances sur l'île d'Elbe dans la maison de l'écrivain Hervé Guibert et se sont cooptés. Sur les photos que prend Frédéric Edelmann, lorsqu'il rejoint sa bande de copains pour un week-end, Richard semble toujours un peu à part. Malgré son short, sa peau bronzée, son large sourire, il semble moins à l'aise. Il n'affiche pas cette homosexualité extravertie. Au fond, il se sent moins libre qu'eux.

L'énarque s'est rendu compte qu'il n'a pas plus d'entregent dans les ministères que Daniel Defert, pas plus de relations dans les médias que Frédéric Edelmann, pas plus de capacité à convaincre des donateurs que ces jeunes hommes éduqués qui fréquentent les grands noms de la mode ou du spectacle et les sollicitent sans détour. Il croyait avoir intégré, avec son diplôme, le cœur du pouvoir et s'aperçoit que ces jeunes militants jugent l'Etat dépassé, incapable de réagir à la grande peste qui menace l'humanité.

Désigné adjoint de Frédéric Edelmann pour accueillir les volontaires, Richard constate dès le début de l'année 1986 l'arrivée massive de séropositifs. Des dizaines de jeunes gens débarquent chaque semaine dans les locaux de l'association. Terrifiés par une annonce qui leur a parfois été faite à la suite d'une prise de sang anodine. Ils ont besoin de tout, de soins, d'argent, d'une chambre pour dormir. Souvent, ils cherchent aussi une nouvelle famille lorsque la leur a rompu les liens, effrayée d'avoir appris comme une double catastrophe la contamination et l'homosexualité de leur enfant. Richard a bien vu que, dans ce combat contre la maladie, la plupart des nouveaux arrivants sont comme des orphelins.

Lui non plus n'a encore rien dit à sa famille de son homosexualité. Plusieurs de ses amis m'ont assuré que, des années plus tard, ils ont vu ses parents et sa sœur à des anniversaires où le nombre écrasant de convives masculins ne pouvait pas ne pas leur donner au moins quelques doutes. Mais à cette époque, il se cache aussi devant eux.

Cette jeunesse impeccablement « lisse et linéaire » brandie dans ses portraits est aussi une armure façonnée pour son père et sa mère. Ces deux médecins installés au cœur du VIIe arrondissement de Paris nourrissent pour leur fils des rêves de réussite sociale où l'excellence scolaire est un devoir et l'homosexualité un malheur. Dès son plus jeune âge, ils lui ont tracé un parcours impeccable. Ils l'imaginaient médecin comme eux et l'ont inscrit d'abord au lycée Louis-le-Grand. Lorsque, à la fin de sa première, son professeur principal a décrété que Richard était « totalement dépourvu d'esprit de synthèse et incapable de suivre la classe supérieure », ils ont ravalé leur déconvenue et l'ont réorienté vers le lycée Henri-IV, l'autre temple des élites.

Richard vit pourtant dans la crainte de leur déplaire et dans la certitude de les avoir déçus. Longtemps après, lorsqu'il sera devenu le tout-puissant patron de Sciences Po, il éludera toujours les questionnements trop intimes d'une boutade : « Je n'ai pas fait quinze ans d'analyse pour reparler encore de ma mère ! » Souvent, il se sent écrasé par les exigences de ce couple dont les félicitations sont rares et qu'il vouvoie depuis l'enfance.

Dès son adolescence, le jeune homme a compris sa « différence », comme on dit pudiquement à l'époque. Lorsqu'il s'est senti amoureux tour à tour de camarades de classe et d'un professeur de philosophie d'Henri-IV, il a bien fallu se résoudre à l'évidence et se confier à une amie : « Je suis pédé ! »

Dans les classes d'hypokhâgne, ses professeurs adoptaient un libéralisme de bon aloi pour évoquer le goût pour les hommes de Gide ou de Montherlant, mais, au cœur des familles, l'affranchissement des convenances est resté théorique. Et puis, si la libération sexuelle s'affiche jusque sur les couvertures des magazines, l'homosexualité figure encore sur la liste des maladies mentales recensées par l'Organisation mondiale de la santé, cette bible à laquelle se réfèrent les médecins comme ses parents.

Richard, pourtant, connaît ce mot de Roger Nimier

sur Aragon : « Excellent dans toutes les matières du programme et même dans les autres. » Il a suivi inconsciemment la même stratégie. L'accumulation des diplômes a été son arme pour s'émanciper et éviter que ses proches ne s'intéressent aux autres matières. Chaque fois qu'il couche avec un garçon, il a le sentiment terrifiant et délicieux de transgresser les règles parentales mais aussi de voir leur regard réprobateur.

Il considère pourtant qu'il a rempli sa part de contrat vis-à-vis des siens. Comme à Sciences Po, comme à l'ENA, comme dans les couloirs du Conseil, il joue un rôle en permanence, mais juge qu'il ne leur doit plus rien. Depuis qu'il a quitté le domicile familial pour un petit appartement, rue des Canettes, à deux pas de la place Saint-Sulpice, il les voit d'ailleurs le moins possible.

A des amis, le jeune homme a confié ce qu'il leur reproche. A l'adolescence, le fils de famille s'est découvert un demi-frère. Il existe donc des secrets de famille, enfouis sous les apparences convenables et les désirs de réussite ? Le garçon, à peine plus âgé, lui ressemble. Une sorte de double sans les privilèges et l'ascension toute tracée. Chaque fois qu'il y repense, Richard mesure les hasards du destin. « J'ai vécu à titre personnel la différence entre un enfant qui est élevé et un enfant qui ne l'est pas. L'abandon social est inacceptable », dira-t-il vingt-cinq ans après à une journaliste du *Nouvel Economiste* venue préparer son portrait, avant de clore la discussion en l'engageant à interroger plutôt « Martine »… sa psychanalyste.

C'est avec les compagnons de fêtes, les anciens amants qu'il nourrit des relations fraternelles. Ils sont la famille qu'il s'est choisi. Celle devant laquelle il peut dévoiler ce qu'il est. Mais le petit garçon en lui continue de vivre, comme beaucoup d'autres, « avec une trouille bleue » d'attraper cette maladie mortelle qui l'obligerait à dévoiler son secret.

Malgré la menace du sida, Richard a continué à sortir dans les boîtes à la mode. Avec les militants d'Aides, il y distribue des préservatifs juste avant d'aller danser. Le monde de la nuit et celui des gays rechignent pourtant à se protéger. Les journaux communautaires s'agacent qu'on veuille remettre en question la liberté des backrooms. Le Palace a refusé la première soirée au bénéfice d'Aides. La mort en 1983 de son mythique patron, Fabrice Emaer, emporté à quarante-huit ans d'un cancer des reins que la rumeur a transformé en sida, a terrifié les danseurs, et les nouveaux propriétaires cherchent par tous les moyens à éloigner la peur qui a saisi leur public. Il a fallu se rabattre sur le Bataclan.

Depuis la fin 1985, l'association dispose d'un grand appartement, tout près du Duplex, rue du Bourg-l'Abbé, juste en face des Bains-Douches. Daniel Defert, qui possédait un petit Picasso légué par Michel Foucault, l'a vendu pour financer les premières brochures d'information, mais maintenant, l'association reçoit des subventions du ministère de la Santé. La veuve de Boris Vian, les parents d'un garçon décédé ont aussi fait des dons importants et c'est une nouvelle leçon pour le jeune Descoings que de voir s'organiser ces galas destinés à récolter des fonds.

Un jeune énarque y perdrait la plupart de ses repères. Face à la menace, il n'y a plus ni droite ni gauche, ni institutions ni conventions qui tiennent. Tout est bon à prendre et les résistants sont parfois les plus inattendus. A l'été 1985, Aides a accompagné l'hospitalisation de Rock Hudson à Paris. L'acteur brun, qui jouait autrefois les amants des beautés d'Hollywood, est la première star à avoir déclaré publiquement son sida et, concomitamment, son homosexualité. C'est un formidable coup d'éclat et une alerte essentielle pour le public. Trois mois plus tard, Pierre Bellemare et Line Renaud organisent la première grande récolte de fonds privés. Un animateur populaire et une chanteuse de music-hall ! Dire qu'au Conseil d'Etat, le fléau du sida ne suscite jamais aucun débat…

La culture sèchement administrative a pourtant du bon. Car la petite troupe peut bien compter d'exceptionnelles personnalités, elles sont le plus souvent incapables de travailler ensemble. Jamais ces militants n'ont eu à animer d'équipe, ils ne savent pas déléguer, lancent leurs idées dans un joyeux foutoir et entretiennent entre eux des relations passionnelles épuisantes.

Defert dirige au verbe et à la fascination, au nom de la philosophie de son amant défunt Michel Foucault mais selon la tactique militante des groupes gauchistes pro-chinois dont il est issu. Edelmann, son rival le plus brillant, ronge son frein. Le beau Jean-Florian s'étiole dans un travail écrasant. C'est donc le haut fonctionnaire qui plaide pour la création de structures permettant enfin un processus de décision officiel et libérateur d'énergie. Sur l'impulsion de Richard, on a désigné un conseil d'administration et un bureau encadrant le président.

Cette nouvelle organisation a donné un coup de fouet à Aides. Mais elle va précipiter l'explosion du groupe. Prenant acte de la professionnalisation des structures, Edelmann, Mettetal et Descoings plaident pour la rémunération de certaines missions, notamment celles que remplit Jean-Florian, qui délaisse sa clientèle de médecin généraliste au bénéfice de l'association. Daniel Defert, au nom d'un militantisme pur et radical, juge le principe choquant. Les premiers veulent privilégier un travail de recherche médicale au sein même de l'association et financer des projets scientifiques quand le second considère Aides comme un instrument d'assistance juridique, sociale et psychologique aux malades. Ce ne sont pas de minces divergences et elles remettent profondément en cause la stratégie des débuts et l'amitié au sein de la petite bande.

Les réunions à Aides sont devenues tumultueuses. On se cherche, on se provoque, on s'invective. Defert et ses amis sont affublés d'un surnom ironique et vengeur : « C'est la bande des quatre et la veuve Mao ! » Richard ? Il est parfois traité dans les réunions de « jeune énarque à la con ». Ces intellectuels si drôles et pleins de verve peuvent devenir des débatteurs humiliants et cruels. Jamais le jeune conseiller d'Etat n'avait connu une telle violence.

Parfois, il rentre chez lui épuisé, exsangue, avec le sentiment d'avoir été rejeté par cette communauté à laquelle il croyait appartenir. Dans un moment de tension particulièrement vif, il a fait un malaise et il a fallu l'hospitaliser à La Pitié-Salpêtrière.

Richard est aussi furieux contre lui-même. Malgré son engagement et son travail, il sent bien qu'il n'a pas ce talent d'orateur qui permet d'imposer ses idées. A l'oral, il bafouille, parle compliqué, trop techno et pas assez politique face à ces hommes qui savent dominer une salle et maîtriser un débat.

C'est un des traits de caractère de Richard que d'anticiper les effets du désamour. Toujours, il préférera rompre avant l'autre. Capable d'engouement passionné mais le premier à annoncer le divorce, avant les reproches et la médiocrité. Le 2 février 1986, il écrit à Frédéric Edelmann : « Mon premier mouvement a été de partir. Mais je ne pars pas par amour-propre : je n'aime ni échouer ni surtout décevoir. »

En octobre 1986, à vingt-huit ans, le conseiller d'Etat démissionne d'Aides. Ou plutôt il déserte. Il ne fait que précéder la scission qui, quelques mois plus tard, poussera Frédéric Edelmann et ses amis à rejoindre l'Arcat, l'association de recherche contre le sida présidée par Pierre Bergé. C'est un aveu d'échec. Il n'est pas parvenu à s'imposer.

Aujourd'hui encore, parmi les survivants de cette épopée, personne n'est capable d'expliquer ce départ brutal. Est-ce parce qu'il ne se sentait pas de taille à prendre le pouvoir ou parce que l'hécatombe qui a touché ses amis a fini par l'anéantir ? Richard n'est venu à aucun des enterrements qui se sont succédé. Ni à celui de l'écrivain Gilles Barbedette et de son ami Jean Blancard, ni même aux funérailles de Jean-Florian Mettetal, mort du sida à son tour. Plutôt que de porter le deuil, il a disparu. Frédéric Edelmann et Daniel Defert ont gardé des photos et ses lettres. Deux ans après son départ, lorsque le philosophe Emmanuel Hirsch, qui rassemblait témoignages et documents sur l'histoire d'Aides, l'a interrogé, il a répondu en réclamant l'anonymat. Il était redevenu haut fonctionnaire. Dans les archives de l'association, il figure à sa demande sous de simples initiales, « R.D ».

Jamais Richard n'aurait pensé trouver, dans le cadre si convenu du Conseil d'Etat, une âme semblable à la sienne. Un être partageant avec lui l'ambition et les tourments, les rires et la volonté.

« C'est moi en mieux », dit-il parfois de Guillaume Pepy. Son double n'a qu'un mois de plus que lui. Le même parcours dans les pépinières de l'élite mais dans une version plus bobo, comme on ne dit pas encore à l'époque. Le père de Guillaume est avocat, sa mère navigue dans les institutions culturelles publiques, son oncle, conseiller d'Etat, a ouvert la voie familiale dans la haute fonction publique. Le garçon a été élevé dans un milieu intellectuel très « seventies », teinté de psychanalyse et conscient de sa supériorité. Naissance à Neuilly, Ecole alsacienne, Sciences Po à la même période que Richard et l'ENA un an avant lui. Mieux que Richard, c'est un homme qui connaît tous les codes. Enfant, il a appris le solfège sur le piano à queue de l'appartement parisien de ses parents et passé ses week-ends dans la propriété familiale de Saulnières, à quelques kilomètres de Paris.

Il pleure encore la mort d'un jeune frère quand Richard n'a que des relations lointaines avec celui qu'il s'est découvert sur le tard. C'est un caractère optimiste et juvénile quand l'autre plonge dans des noirceurs insondables. Tous deux savent la force de leur charme.

Au Conseil d'Etat, le jeune Pepy fait davantage l'unanimité que son camarade Descoings. D'une drôlerie irrésistible, il n'a ni ce goût de la provocation souterraine, ni ce masque de timidité à peine craquelé de son compagnon. Il ne cherche pas à se distinguer mais jamais il n'a été insignifiant.

Ses condisciples de l'ENA se souviennent parfaitement de son énergie et de son brio. Lors du séminaire d'intégration, lorsqu'il a fallu choisir le nom de sa promotion, il a plaidé jusqu'à quatre heures du matin, debout sur une table avec Pierre Moscovici, pour convaincre ses camarades de choisir pour marraine la militante anarchiste Louise Michel et rembarrer ceux qui plaidaient pour Machiavel. C'est un grand garçon plein de séduction, seulement complexé par un léger strabisme qu'il a fait plusieurs fois opérer.

Comme Richard, il a parfaitement intégré les règles du pouvoir. Quelques mois avant sa sortie de l'ENA, il s'est joint au reste de sa promotion pour payer une publicité dans *Le Monde.* Sur une pleine page, l'annonce expliquait crânement : « Nous sommes 25, nous avons entre 24 et 25 ans, nous sortons de l'ENA au mois de mai. Nous ne voulons pas limiter notre choix à la fonction publique. » Moyennant quoi, il n'a pas sauté le pas du privé et, classé sixième, a choisi le confort du Conseil d'Etat.

Richard se vante parfois devant ses amis de l'avoir « subverti ». De l'avoir amené « vers les hommes alors que, lorsque je l'ai connu, rit-il, il sortait avec une fille ! ». Guillaume, pourtant, est tombé amoureux de ce garçon longiligne qui s'accorde avec lui sans lui ressembler tout à fait.

Au Conseil d'Etat, seuls leurs plus proches collègues ont compris ce qui venait de se nouer. Mais quand Richard peut glisser une allusion à ses sorties, Guillaume s'acharne à donner le change, terrifié à l'idée qu'« on sache ». A la moindre question sur sa vie privée il se ferme. Jamais il n'esquisse un geste amoureux en public. Les provocations des « pédés » du Palace lui semblent détestables.

Ni l'un ni l'autre n'affichent la liberté de Christophe Chantepy, un jeune énarque, militant du parti socialiste, qui vient de les rejoindre sur les bancs de l'institution feutrée du Palais-Royal. Chantepy est membre des Gais pour la Liberté et ne le cache aucunement. Issu d'un milieu bien moins privilégié, il s'étonne parfois de les voir si timorés, quand lui plaide pour l'égalité des droits des homosexuels. « Si nous voulons en finir avec les mises à l'écart et les humiliations, il faut cesser de vivre cachés, comme si nous avions honte ! » répète ce garçon aux yeux rieurs.

Le trio est vite devenu très ami. Ils partagent discussions passionnées, soirées chaleureuses chez les uns et les autres, nuits plus déjantées dans les boîtes et vacances au soleil. Chantepy, Descoings et Pepy, à eux trois, offrent un parfait échantillonnage de la façon d'être « homo » : assumé, ambivalent ou camouflé.

La soif de se démarquer, de s'affranchir du Conseil d'Etat tenaille chaque jour un peu plus Richard. Mais vers quel monde aller ? La confrontation avec l'intelligentsia d'Aides l'a laissé déçu et complexé. S'il aime discuter politique, il n'a pas comme Christophe Chantepy de goût pour la vie de parti. L'entreprise le laisse froid, contrairement à Guillaume Pepy. Rue de Rivoli, à deux pas du Conseil d'Etat, ce dernier a abordé le tout nouveau patron de la SNCF, Jacques Fournier, qui en a aussitôt fait son directeur de cabinet. A trente ans, le jeune Descoings se cherche un projet.

Au fond, lorsqu'il pense au seul endroit où il s'est senti en accord avec lui-même, il revoit la rue Saint-Guillaume et Sciences Po, ses cafés enfumés et ses jeunes gens discutant sur le trottoir. Par attachement sentimental autant que pour se trouver une occupation, Descoings se propose donc dès 1987 comme maître de conférences en droit public.

C'est un cours de méthode pour une vingtaine d'élèves de la section service public, intitulé « Notes de synthèse juridique ». Tout un programme... Le professeur est sérieux, l'ordre du jour austère et les étudiants, dont la moitié visent l'ENA, clairement bachoteurs.

Lorsqu'il y était encore élève, Sciences Po avait paru à Richard empêtrée dans un classicisme bon teint, à peine décoiffée par la sage modernité des années giscardiennes. Il en avait conservé un souvenir attendri et moqueur de ces filles en foulard Hermès et de ces jeunes gens à longue mèche à qui il ne ressemblait pas.

Quand il regarde le programme des cours dispensés dans les petites salles de classe et dans les amphis, il sent à quel point, imperceptiblement, les choses ont changé. La population des étudiants est restée assez largement bourgeoise et des fils de famille continuent de se faire déposer, le matin, en Jaguar. Mais le nouveau directeur, Alain Lancelot, élu en 1986, a vite compris que l'ordinateur individuel, la financiarisation de l'économie, l'Europe, l'essor des banlieues et la montée du Front national – dont 35 députés viennent d'être élus à la proportionnelle –, bref, ce pêle-mêle de changements ne pourrait qu'aboutir à la contestation des élites.

Cet homme, né avant guerre, est un réformateur. Un pur produit de Sciences Po, aussi. Séduisant et cultivé, Lancelot n'a jamais vraiment quitté l'école du pouvoir, depuis son entrée en année préparatoire trente ans plus tôt. Il y a rencontré sa femme, passé son doctorat de sociologie et accompli toute sa carrière de professeur. Ç'est un libéral de l'école tocquevillienne, attaché à l'histoire et à l'émancipation des individus. D'un tempérament fougueux, il est presque impossible de travailler à ses côtés sans de violentes disputes. Mais il a accueilli avec chaleur ce jeune conseiller d'Etat qui le bombarde de notes.

Autour de Lancelot s'est formée une petite cour de disciples que Richard a bientôt rejointe. Toute une génération de chercheurs qui discutent, le soir dans son bureau, autour d'un whisky. On y distingue d'abord Christel Peyrefitte, une fine jeune femme, plus littéraire que les autres et un peu plus âgée qu'eux. La fille de l'ancien ministre du général de Gaulle est une spécialiste d'Albert Cohen dont elle est devenue l'amie après lui avoir écrit une lettre si belle et si profonde que l'écrivain a aussitôt voulu la rencontrer. Derrière elle, Philippe Habert, maître de conférences à Sciences Po et directeur des études politiques du *Figaro*. C'est un garçon qui parle, pense et vit à cent à l'heure. Charmant et toujours en équilibre sur un fil. Il rêve d'être le conseiller politique de Jacques Chirac, dont il mesure chaque semaine les cotes de popularité. Personne ne s'étonnera qu'il épouse, en septembre 1992, sa fille cadette, Claude.

Seconde parmi les fidèles, Laurence Parisot est une ancienne collaboratrice de Lancelot au Cevipof, le Centre d'études de la vie politique française. Même en prenant la tête de l'Ifop dont elle possède 75 % du capital, cette jeune femme énergique n'a jamais vraiment quitté son cercle. Avec elle, le directeur continue de suivre les plus petits mouvements de l'opinion publique. L'entreprise est à ses yeux une affaire politique qui la mènera un jour à la tête du Medef. Enfin, dans cette assemblée de trentenaires, a débarqué un garçon plein de charme et travailleur, Dominique Reynié, le plus jeune des cinq, qui prépare encore son doctorat.

Faut-il que Richard ait bluffé son nouveau mentor pour qu'en quelques mois il ait été nommé conseiller et, deux ans plus tard, directeur adjoint de Sciences Po ! L'époque appelle le sang neuf. Un peu partout, la génération d'après guerre a cédé la place et toutes ses références ont sauté. En novembre 1989, Lancelot est arrivé en courant dans l'amphi Boutmy où l'agrégé d'allemand et professeur émérite Alfred Grosser achevait son cours d'histoire européenne. Le patron de Sciences Po venait d'entendre à la radio le secrétaire du comité central du parti communiste d'Allemagne de l'Est autoriser, après des semaines de manifestations monstres, les voyages vers l'Ouest. Déjà, des milliers de Berlinois s'attaquaient au Mur. Les cris de joie de Lancelot : « Ils font tomber le Mur ! Ils font tomber le Mur ! », les pleurs de Grosser, ce grand Européen né en 1925 à Francfort-sur-le-Main, ont saisi tous les étudiants. La guerre froide n'est plus, un autre monde est en train de naître. De nouvelles générations doivent monter.

Alain Lancelot est un professeur dans l'âme. Il aime façonner les esprits et les enrichir. Lui aussi a perçu chez le jeune conseiller d'Etat ces éclairs de conformisme si déroutants combinés à une intelligence passionnée. En universitaire, il juge qu'il s'agit bien là des qualités et des défauts des énarques. « Le bon petit cheval des écuries Sciences Po/ENA/Conseil d'Etat croit que tout passe par la régulation étatique, fait des notes techno et n'a de la société qu'une vision étroite », juge-t-il. Mais celui-ci a un potentiel exceptionnel qui ne demande qu'à être taillé, tel un diamant.

Le patron de Sciences Po est le fils d'un officier de marine. Dans sa famille, on parle les langues comme on voyage, avec facilité. Il n'est pas rare qu'il offre à ses collègues, à ses assistants, des livres de poche en anglais pour les engager à pratiquer la langue de Shakespeare. A Sciences Po, c'est une rareté. Descoings lui-même peine à construire trois phrases dans un anglais qui ne soit pas scolaire. Son accent paraît sorti d'une comédie, à peine moins risible que Maurice Chevalier chantant à Broadway. Tout de suite, Alain Lancelot l'a engagé à suivre des heures de conversation anglaise : « Nous ne pourrons pas ouvrir les fenêtres de l'école sur le monde si nous sommes incapables de parler avec nos homologues étrangers. »

Le directeur juge également que le jeune homme doit étoffer son carnet d'adresses et ses réseaux s'il veut représenter Sciences Po auprès des entreprises et du gouvernement. Il faut bien sûr qu'il entre au Siècle, ce club où les élites se cooptent et soignent leurs carrières en discutant de la marche du monde autour d'un dîner.

Une bonne moitié du conseil d'administration du Siècle est diplômée de l'école. Il ne sera pas difficile d'y pousser son candidat. On a donc choisi quatre parrains pour Richard. Deux universitaires et deux éminents représentants de l'aristocratie d'Etat, quatuor qui reflète l'ambition déjà établie de Lancelot pour son poulain. Jean-Claude Casanova et Olivier Duhamel, tous deux professeurs à Sciences Po, se joindront à l'inspecteur des finances Jean Dromer, à la tête de LVMH, et à Marceau Long, alors vice-président du Conseil d'Etat, pour parrainer le jeune homme. Ce quatuor princier s'est porté garant du protégé du directeur lorsque le Siècle a examiné son dossier. Richard Descoings dîne désormais à la table du pouvoir.

« Richardetguillaume… » Dans le petit cercle de leurs intimes, leurs deux prénoms n'en font désormais plus qu'un. A l'âge où leurs collègues du Conseil d'Etat se marient, les deux compagnons ont décidé de louer ensemble un appartement, rue Godot-de-Mauroy, à deux pas de l'Olympia et de la place de la Madeleine. C'est une enfilade de salons de réception à moulures de plâtre et de chambres blanches, semblables à tous les appartements de ce quartier bourgeois, mais ils ne voulaient pas d'une de ces garçonnières du Marais.

Chez eux, presque chaque soir, se retrouve toute une génération de hauts fonctionnaires homosexuels venus de la Cour des comptes, du Quai d'Orsay ou du Conseil d'Etat. Dix ans auparavant, les gays du Palace fustigeaient la morale des notables et leur obsession du « comme il faut ». On s'habillait en folle ou en pédé à moustache, pour s'amuser et ne surtout pas ressembler aux couples conventionnels. « Richardetguillaume » font tout le contraire : ils ont décidé de tenir salon.

C'est un univers presque exclusivement masculin, soudé par son appartenance à l'énarchie autant que par son sentiment d'être minoritaire. Richard, en fin cuisinier, concocte les menus. On y boit de grands vins et on y rit beaucoup, notamment des plaisanteries de Christophe Chantepy que tout le monde désigne par les premières syllabes de son patronyme « Che-Che ». La petite assemblée aime battre la paille des grands mots pendant des heures en s'enivrant doucement.

Le couple a fini par fédérer autour de lui une petite communauté sympathique et ambitieuse. Ils sont élancés comme des lévriers, séduisants en diable. Il y a chez eux une aisance, un malin plaisir à s'aguicher avec des bons mots et des œillades. On les admire de vivre ensemble, discrets mais pas clandestins. Autour de la table, lorsque les amis se rassemblent, ce sont eux qui mènent les débats, se renvoyant la balle et cherchant à briller sous le regard de l'autre. Ces esprits déliés semblent un modèle de liberté pour la plupart de ces hauts fonctionnaires qui partagent les mêmes désirs mais dont la moitié vit encore cachée.

L'été, on se retrouve en Provence, à Eyragues, dans la maison qu'Olivier Challan Belval, l'ancien commissaire de la marine devenu conseiller d'Etat, a achetée avec un ami avocat, à une dizaine de kilomètres d'Avignon. Au bord de la piscine, ce petit cercle d'amitiés particulières peut enfin s'épanouir à l'abri des regards.

Aux beaux jours, des dizaines d'amis font un crochet par la maison au milieu des cyprès, en descendant au festival d'Aix ou d'Avignon. La villa d'Olivier est devenue comme un point de ralliement dans ces terres du Sud où le Front national commence à percer sérieusement. Le jeune Frédéric Martel, qui vit encore dans la ferme de sept hectares de ses parents, à quelques kilomètres d'Eyragues, a été stupéfait en arrivant un soir, dans un de leurs dîners. Ce jeune président de l'Association des étudiants gays de France, qui assure la critique littéraire de *La Marseillaise*, n'avait encore jamais rencontré d'homosexuels si introduits dans les grandes institutions de la République. Dans son milieu, celui qui écrira plus tard *Le Rose et le Noir*, une histoire des homosexuels en France depuis 1968, doit batailler contre les préjugés. Et voilà que ceux-là tutoient les cercles du pouvoir !

En 1988, la réélection de François Mitterrand a ramené les socialistes au gouvernement et dessiné de nouveaux horizons pour toute la petite coterie. Guillaume Pepy a été le premier à saisir l'occasion. Le patron de la SNCF Jacques Fournier est membre du PS depuis le congrès d'Epinay. Ancien secrétaire général de l'Elysée, il a gardé d'étroites relations avec le président de la République. Il n'a pas été difficile pour lui de pousser son protégé vers le cabinet de Michel Charasse, au ministère du Budget.

Il ne s'agit plus de changer la vie comme le prônaient les sabras du socialisme sept ans plus tôt. De toute façon, Guillaume, s'il a passé six mois aux Jeunesses communistes lorsqu'il avait dix-sept ans, appartient depuis longtemps à cette gauche modérée et réaliste qui s'est convertie aux lois du marché. Mais la vie de cabinet est excitante. Et le Budget, c'est presque le cœur du pouvoir.

Sur le bureau de Michel Charasse trône un gros téléphone doté d'une touche rouge dont chacun sait qu'elle indique la ligne directe qui le relie à François Mitterrand. Le ministre est consulté sur tout. Les questions politiques et les affaires privées. Depuis 1987, le chef de l'Etat l'a aussi chargé de trier ses archives. Depuis, cet ancien de Sciences Po passe une partie de ses soirées à consulter des milliers de papiers, à travers ses petites lunettes demi-lunes. Les huissiers les plus discrets de l'Elysée, où il a conservé une pièce de travail, le voient classer ou détruire dans sa broyeuse les secrets et les médiocrités qui pourraient entacher la légende mitterrandienne. Guillaume a tout de suite adoré se plonger dans cette comédie humaine.

A Bercy, Charasse est un homme puissant. Derrière la gouaille et l'allure de tonton flingueur, on lui prête la manie de consulter personnellement les dossiers fiscaux de tous les VIP de la société française. D'un geste, il peut déclencher un contrôle dévastateur ou épargner un gros contribuable. Dès les premiers jours, le confident du président a averti ses collaborateurs : « Vous avez accepté de me rejoindre et je vous en remercie. En ce qui me concerne, j'aime trois choses : la République, l'Etat et François Mitterrand. Vous n'êtes pas obligés de partager mes convictions. Je ne veux pas savoir si vous êtes membres du PS. On m'a dit que vous étiez travailleurs, compétents et discrets. Je pardonnerai les erreurs, pas les indiscrétions. Pour ma part, je prendrai toujours mes responsabilités. »

L'intelligent Pepy, avec son charme et sa personnalité rayonnante, a eu tôt fait de conquérir toute l'équipe. Et, lorsque Michel Durafour au ministère de la Fonction publique puis Martine Aubry au ministère du Travail l'ont appelé dans leurs cabinets respectifs, il n'a eu aucun mal à proposer lui-même ses successeurs : Christophe Chantepy d'abord, puis, en 1991, Richard. Les trois garçons se font naturellement la courte échelle pour grimper les échelons du pouvoir.

Au sein du cabinet Charasse, le nouveau conseiller Descoings est chargé du budget de l'Education nationale et de l'enseignement supérieur. Il n'a pas fallu longtemps à l'équipe pour comprendre que ce secteur est sa passion. « Vous défendez toutes leurs turpitudes ! » proteste souvent le ministre en découvrant les notes de son conseiller.

Comme Guillaume avant lui, Richard aime bien ce ministre fort en gueule, qui exhibe ses bretelles et fume des cigares au nez des inspecteurs des finances. Il admire le fait qu'il partage l'intimité du président et continue de pêcher l'omble chevalier dans les lacs d'Auvergne, le week-end, avec d'anciens SFIO. Charasse, de son côté, a vite décelé ce fil d'amitié et de solidarité qui relie Pepy, Chantepy et Descoings en une petite camarilla soudée. Quelques-uns de ses conseillers lui ont rapporté les dîners dans l'appartement de la rue Godot-de-Mauroy. Il n'est pas homme à s'en formaliser.

Dans les coursives de ce grand ministère qui avance sur la Seine, Richard ronge son frein, pourtant. Le cabinet de Charasse lui paraît excellent et il aime la complicité chaleureuse de cette petite équipe qui travaille si bien. Mais la morgue des inspecteurs des finances l'agace. Au ministère du Budget, le conseiller éducation figure en queue de peloton des hiérarchies et leur mépris affiché, leur rigidité comptable ont fini par l'irriter. Plus que le maniement consciencieux des règles budgétaires, il a pourtant compris qu'un ministre, un patron d'entreprise publique peuvent, par leur entregent et quelques visites, le soir, à l'Elysée, obtenir la rallonge qui paraissait impossible le matin même.

L'un des maîtres en la matière, Jack Lang, vient justement d'être nommé au printemps 1992 au ministère de l'Education nationale qu'il cumulera avec le ministère de la Culture. Dominique Lefebvre, le nouveau directeur de cabinet du ministre, est un ancien condisciple de Christophe Chantepy à l'ENA. Une conversation a suffi pour le convaincre de choisir le conseiller éducation du ministre du Budget et, par une habile interversion, d'en faire le conseiller budgétaire du ministre de l'Education.

Arrivé en pleine contestation étudiante et lycéenne, le magicien Lang n'a mis que quelques semaines à séduire les syndicats et à calmer les esprits. Après Charasse, c'est encore un homme du premier cercle mitterrandien. Le ministre se moque des hiérarchies et des problèmes d'intendance. A la moindre difficulté, il peut appeler le Premier ministre Pierre Bérégovoy à Matignon : « Allô Pierre, j'apprends que l'on me refuse une rallonge budgétaire. Tu veux vraiment que les enseignants redescendent dans la rue ? » S'il perd un arbitrage en réunion interministérielle, il le regagne aussitôt dans un tête-à-tête avec le chef de l'Etat. Au sein de son cabinet, la jeune conseillère Clotilde Valter, qui s'en effraie, a hérité de l'aimable surnom de « Saint-Just ». Qui oserait contester le ministre ? Lorsqu'il arrive dans une soirée, avec son épouse Monique, gardienne sourcilleuse de son agenda, chacun s'efface devant eux comme on s'effaçait à la Cour devant le favori du roi.

Jack Lang n'a pas son pareil pour surfer sur l'époque et imaginer des réformes qu'il « vend » comme de petites révolutions sur les plateaux des journaux télévisés. Richard n'aime pas beaucoup ses manières, cet égoïsme de grand-duc et ces soirées dispendieuses, ces week-ends à l'Hôtel Royal de La Baule et ces départs en avion privé pour rallier sa circonscription de Blois. Le conseiller budgétaire s'agace aussi de ce que le ministre de l'Education nationale, qui a fait retapisser à grands frais l'antichambre de son bureau de la rue de Grenelle d'un superbe papier peint signé Alechinsky, préfère recevoir rue de Valois, dans celui, légendaire, qu'occupait autrefois André Malraux. Lang paraît négliger ses nouvelles fonctions qui, aux yeux de Descoings, sont les plus importantes. C'est un roi de la communication et des médias. Plus tard, lorsqu'on demandera à Richard ce qu'il a appris auprès de lui, il rétorquera cinglant : « A rédiger une dépêche AFP. »

Une chose, pourtant, paraît admirable au conseiller de trente-quatre ans : l'extraordinaire popularité du ministre parmi la jeunesse. Vingt fois, il l'a vu interpellé dans la rue par des jeunes gens reconnaissant l'inventeur de la Fête de la Musique. Lorsqu'il songe au départ de la gauche, dont tous les sondages annoncent la prochaine défaite aux élections législatives du printemps 1993, il se dit que c'est bien la seule chose que les socialistes auront fait pour les moins de vingt ans. Bref, il n'est pas là depuis six mois qu'il s'ennuie déjà.

Ce soir-là, les garçons sont allés en bande à la soirée d'anniversaire d'une amie. C'est une de ces « parties » chics et branchées où, comme souvent lorsqu'ils sortent, les homosexuels sont majoritaires parmi les convives. Les jeunes conseillers ministériels y ont retrouvé toute une assemblée joyeuse et « smart » mêlant à ces hauts fonctionnaires qu'ils fréquentent habituellement quelques dandys, habitués des nuits parisiennes. Il y a du champagne, de la musique et des éclats de gaieté.

Par quel sortilège Richard s'est-il retrouvé à converser avec cette grande brune à la voix un peu rauque, que tout le monde paraît connaître sauf lui, personne ne s'en souvient vraiment. A peine ont-ils eu le temps de s'échanger leurs prénoms et de partager leur désir de s'amuser ailleurs. Mais à la surprise générale, le couple s'est discrètement éclipsé au bout de quelques minutes, dans l'Austin Mini de Richard, afin de terminer la soirée au Queen, une boîte gay sur les Champs-Elysées.

Drôle et d'une absence totale de conventions, Diane de Beauvau est l'une des figures du Palace de légende. A trente-huit ans, cette amie de Karl Lagerfeld et d'Andy Warhol navigue depuis des années dans ces fêtes brillantes où tous les excès sont permis pourvu qu'on s'y amuse. « C'est très difficile d'être débauchée avec élégance », affirme-t-elle dans un sourire. Elle est délicieusement snob, chaleureuse et portée aux excès.

Toujours entourée d'homosexuels dont elle est l'égérie, cette fille d'une des plus vieilles familles françaises se plaît à rester « on the edge », sur la ligne de crête, comme elle dit dans ce mélange de français raffiné et d'anglais parfait qui signe son éducation aristocratique. Jamais elle n'a travaillé, jamais elle n'a fait d'études. Mère d'un enfant de cinq ans, sa fortune passe tout entière dans une vie de plaisirs. La dilettante n'aurait pas dû croiser l'ambitieux s'ils n'avaient partagé cette même folie qui les pousse à brûler la vie par les deux bouts.

C'est un couple improbable, pourtant, que forment bientôt ce jeune conseiller ministériel qui vit avec un homme et cette beauté particulière aimantée par la nuit. Il s'est noué entre eux une amitié amoureuse et un pacte infernal. Richard cherche à se perdre, Diane à se distraire. Ensemble, ils passent des nuits blanches, à voguer de bar en bar, de boîte de nuit en boîte de nuit, goûtant à tous les plaisirs et s'exposant à tous les dangers.

La cocaïne et l'ecstasy, l'alcool et les psychotropes hantent les nuits parisiennes. Ils ont décidé de tout essayer, de tester la résistance de leur corps et d'abolir leur esprit, dans une forme d'expérimentation sans limite.

Les amis de toujours les surprennent les soirs de fête, lorsqu'ils vont au Boy's, rue Caumartin, la nouvelle boîte gay à la mode. Juchée sur les amplis géants, on aperçoit la silhouette de Richard, torse nu, dansant comme en transe sur la musique techno mixée par le jeune DJ David Guetta. Lorsque les autres rentrent, Diane et lui continuent jusqu'à l'épuisement, suivant n'importe qui, n'importe où, au mépris du danger. Dans son monde à elle, artistes et figures de la mode jouent sans cesse à s'inventer des existences hors des conventions où l'homosexualité apporte un chic supplémentaire. L'énarque a vite été ébloui par ces transgressions, cet univers d'hommes travestis en femmes, de femmes déguisées en hommes qui s'adonnent à des orgies de plaisirs, de champagne et de drogues.

Jusque-là, une barrière étanche séparait les deux vies de Richard. Désormais, l'une menace de déborder sur l'autre. Avec cette compagne provocante, il peut boire toute une nuit et enchaîner au matin avec une réunion ministérielle. Il lui arrive aussi, de plus en plus fréquemment, de manquer des matinées entières et de déposer ensuite un mot sur le bureau d'une collègue qui l'a attendu : « J'ai eu une nuit agitée, pardonne-moi… »

Rue de Grenelle, on a commencé à s'étonner à demi-mot de sa minceur extrême, de ses yeux cernés et de son teint hâve. Des rumeurs circulent. A une collègue qui s'inquiétait qu'il puisse être malade, il a dû démentir en riant : « Non, non, je n'ai pas le sida ! »

Il s'oblige à des pauses, quittant cette garçonnière de la rue des Canettes qu'il a gardée pour ses plaisirs, pour revenir rue Godot-de-Mauroy. Huit jours d'abstinence et on le retrouve impeccable et élégant, en costume marine de haut fonctionnaire. Dans ces moments de sagesse, il s'applique à emmener Diane déguster un Mont-Blanc chez Angelina ou la traîne jusqu'à l'Assemblée nationale où elle suit, des tribunes du public, les discours de Jack Lang. Le soir, les amis peuvent alors revenir dîner chez « Richardetguillaume ». Au fond, il voudrait pouvoir mener toutes ces vies parallèles. Les nuits à boire et les dîners intimes, les plaisirs artificiels et la carrière ambitieuse.

Autour de lui, la perspective des prochaines élections législatives a provoqué dans les cabinets ministériels un sauve-qui-peut général. Malgré sa proximité avec Martine Aubry, Guillaume Pepy a anticipé qu'elle ne pourrait rien lui offrir et a prévu de rejoindre la Sofres comme directeur général adjoint chargé du développement. Richard, lui, n'a rien trouvé.

Malgré ses nuits déjantées, il a cru pouvoir se faire nommer directeur général des finances au sein de l'Education nationale. C'est l'une de ses contradictions constantes : il fait mine de mépriser l'entre-soi des grands corps, mais mise sur son statut de conseiller d'Etat pour sauter les étapes. Depuis des mois, il répète à ses compagnons du cabinet : « Je ne peux pas attendre, parce que je vais mourir jeune… » Ce n'est pas un bon argument et le directeur de cabinet du ministre, Dominique Lefebvre, a vite douché ses ambitions : « Tu es trop jeune ! »

Le soir de la défaite de la gauche, Richard voit s'effondrer toutes ses aspirations. Pour digérer leur amertume, ses collègues du cabinet sont partis danser au Queen. Les autres s'en vont peu à peu, il reste à s'enivrer jusqu'au lever du jour.

Revenir au Conseil d'Etat est un crève-cœur. « Me revoilà dans ce mouroir », soupire Richard devant ses amis. Des dizaines de compagnons de route des derniers gouvernements socialistes se sont recyclés dans le privé ou, pour les fonctionnaires, ont réintégré comme lui leurs administrations d'origine. Seul Olivier Challan Belval a fait le chemin inverse, quittant le Conseil d'Etat pour le cabinet de Philippe Séguin, le nouveau président de l'Assemblée nationale.

De retour au Palais-Royal, Richard a obtenu d'être affecté à la section du rapport et des études comme rapporteur général adjoint de l'ancien député socialiste Jean-Michel Belorgey. C'est une petite section dans laquelle triment quelques doctorants en droit et stagiaires du barreau, en compagnie d'auditeurs et de secrétaires. Le jeune Descoings y a pour mission de veiller à l'exécution des décisions de justice par les administrations.

C'est peu dire qu'il s'y sent entre deux eaux. Jean-Michel Belorgey est un patron accommodant.

C'est un homme érudit, toujours plongé dans les livres. Chez lui, des piles d'essais richement reliés et d'éditions originales forment un labyrinthe de papiers dans lequel il est le seul à se retrouver. Au Conseil, son bureau est recouvert d'un fatras semblable, des montagnes de codes civils et de livres de jurisprudence. Il n'a pas cette aisance arrogante de la gauche « caviar » que Richard vient de quitter. Lui, continue à s'intéresser aux pauvres, aux exclus, aux plus fragiles.

Considéré comme l'un des pères du RMI mis en place par Michel Rocard, Belorgey a toujours milité contre les discriminations sociales ou sexuelles. Quelques années auparavant, c'est lui qui a proposé aux socialistes le premier Contrat d'union civile, ancêtre du Pacs qui sera voté quelques années plus tard. Depuis, cet hétérosexuel, catholique et profondément de gauche, milite à Chrétiens & Sida ainsi qu'à Aides.

L'intelligence de son rapporteur général adjoint ne lui a pas échappé. Il aime que Richard n'ait pas succombé à cette politesse onctueuse des autres conseillers d'Etat. Jamais il ne se formalise de ce « Salut chef ! » rieur et vaguement impertinent que le jeune homme lui lance chaque matin.

Tout juste l'encourage-t-il à l'indulgence lorsqu'il le sent trop vite agacé par la médiocrité. Descoings est un élitiste, Belorgey un charitable. Mais celui-ci a perçu de la profondeur sous le charme et les deux hommes ont fini par s'apprécier.

Un jour, le jeune conseiller d'Etat est arrivé avec une demande : il lui faut une domiciliation de complaisance afin que ses collègues ne découvrent pas, dans l'annuaire interne, que son adresse est la même que celle de Guillaume Pepy. Ce n'est pas Richard qui veut se cacher. C'est Guillaume qui croit nécessaire de respecter les convenances, maintenant qu'il a affaire aux cheminots de la SNCF et à leurs syndicats. Belorgey a trouvé en deux jours une amie obligeante. Pour sa part, Descoings a obtenu du directeur Alain Lancelot qu'il confie à son patron un cours à Sciences Po. « On te doit bien cela. Tu es un homosexuel d'honneur », a-t-il lancé en riant à son « chef » qui le remerciait.

Ce soutien au sein du Conseil d'Etat n'est pas inutile. Car la liberté insolente du conseiller choque au sein d'une institution soucieuse de préserver les apparences. Après le rythme effréné des cabinets, Richard a décrété qu'il pouvait accomplir son travail en moins de deux ou trois heures par jour. Ses dossiers sont convenablement tenus, son intelligence lui permet de faire illusion dans une réunion. Mais il affecte de jouer nonchalamment en fond de court, affichant par ses horaires élastiques son manque d'intérêt.

La vérité est que ses nuits sont mieux remplies que ses jours. Guillaume Pépy s'efforce de le ramener bravement à l'équilibre mais avec Diane de Beauvau, il continue de hanter les boîtes et les bars. Il abuse de tout, d'alcool et de cocaïne, avec l'illusion que la poudre blanche lui permettra de tenir jusqu'au petit matin avant d'enchaîner sur ses dossiers.

Jusque-là, Richard maintenait une discrétion de bon aloi qui, si elle ne trompait presque personne, marquait son respect des convenances. Mais sa vie d'insomniaque l'a rendu versatile. Lorsqu'il émerge de ses nuits dévastatrices, il arrive qu'on ne le reconnaisse plus. Au Conseil, il se montre charmant avec les uns, colérique et irrationnel avec les autres. C'est un ange venimeux qui a perdu sa candeur dans ce monde repeint par la chimie en paillettes scintillantes.

Il a fait venir auprès de lui une amie, l'ancienne conseillère parlementaire de Michel Charasse. Aux temps du ministère, leurs dîners étaient joyeux. Maintenant, il la traite plus mal qu'une ennemie. Un jour, elle remarque dans l'appartement de la rue Godot-de-Mauroy qu'il a gardé dans sa chambre une photo de vacances où elle figure. Au bureau, pourtant, il est injuste et humiliant. « Tu me tues à petit feu », ose-t-elle. Sous le regard fixe et noir, elle ne voit qu'une bouche en zigzag, entre sourire et larmes.

Physiquement, Richard a changé. On le sent nerveux, fatigué. Un matin, il se présente avec trois quarts d'heure de retard à la réunion qu'organise, tous les quinze jours, le président de section sur les affaires les plus difficiles. Sa chemise est déchirée, son visage tuméfié, il sent l'alcool. Quelques mois auparavant, le vieux conseiller d'Etat a perdu son jeune fils, mort du sida. En découvrant Richard, il devient apoplectique. « Ils savent ce qui m'est arrivé et ils me donnent ça ! » hurle-t-il hors de lui. Richard se dresse aussitôt : « Ça, c'est moi ? » Les deux hommes s'attrapent par le col, commencent à se battre devant une assemblée tétanisée. Il faut que Belorgey les sépare : « Ça suffit ! Maintenant, les jeunes cons vont se laver et les vieux cons se calment ! » Plus jamais, le président de section et Descoings ne se reparleront. Mais c'est un sérieux avertissement.

Les soirées avec Diane tournent maintenant de plus en plus souvent au cauchemar. « Je ne sais pas s'il aime la vie autant que moi », se dit-elle parfois en le voyant plonger dans des moments de détresse. Ses ivresses sont devenues tristes. Il peut s'effondrer en sanglots devant sa compagne. La drogue n'a plus ces effets excitants qui le rendaient artificiellement joyeux. Les deux compagnons de la nuit ne sont plus synchrones. Elle danse encore, il se vide soudain de son énergie. Elle dévore la vie, il ne s'aime plus et s'autodétruit.

Parfois, il s'enfuit seul dans des bars louches. Dix fois, il s'est fait voler par des petites frappes qui l'ont laissé amoché sur le trottoir. A plusieurs reprises, il a fallu aller le chercher dans des bouges pour le ramener au petit matin. « Chaque jour, j'ai peur qu'on ne m'appelle pour me dire qu'il est mort », s'inquiète Pepy devant un ami. Entre eux, s'est instaurée une relation profonde que leurs proches, à défaut de la comprendre, ont résumée d'une phrase crue : « Tout pour Richard et le reste pour Guillaume. » Guillaume, pourtant, a décidé de le sauver contre lui-même.

Un jour, il appelle Diane. Il faut qu'elle se retire, qu'elle cesse de l'entraîner dans cette chute terrible qui menace de le tuer. La jeune femme est trop intelligente pour ne pas comprendre qu'il a raison. Elle-même ne sait plus comment arrêter cet engrenage. « Il fallait qu'il l'enlève hors de mes griffes, constate-t-elle aujourd'hui de sa voix rauque et élégante, nous étions devenus deux amants diaboliques qui menaçaient de se détruire mutuellement. » Touchée par cet amour vrai dans lequel elle n'a pas sa place, l'aristocrate a choisi de se « rétracter », dit-elle. Pour rompre le pacte infernal et permettre à Guillaume de le sauver, elle s'efface doucement.

Il faut en finir avec cette vie décousue et frustrante. Un été à Eyragues a remis Richard sur pied. Il ne veut plus s'abîmer. Et puis, c'est idiot d'avoir franchi chaque haie de ce parcours d'excellence pour ne rien accomplir. Dans les dîners du petit groupe élitiste qui se retrouve à nouveau dans l'appartement du couple Pepy/Descoings, à Paris, on a coutume d'énoncer une règle imparable : « Il faut prendre un poste à responsabilités avant quarante ans, après c'est fichu ! » Il est l'heure, maintenant.

Chaque fois que l'énarque s'interroge sur son avenir, c'est de l'autre côté de la Seine, rue Saint-Guillaume, qu'il rêve de revenir. En 1995, il a bien été nommé commissaire du gouvernement au sein du Conseil d'Etat. Mais toute son énergie est désormais consacrée à rédiger des notes sur l'éducation et à prodiguer des conseils au directeur de Sciences Po.

De la petite troupe de fidèles qui entouraient autrefois Alain Lancelot, il est resté le plus proche. Le destin a clairsemé le cercle des disciples. Le 15 avril 1993, moins d'un an après son mariage en grande pompe avec Claude Chirac, le bondissant Philippe Habert s'est suicidé. Il n'aura même pas vu son beau-père, qu'il admirait comme une idole, accéder à l'Elysée. Au mois de janvier 1996, c'est la maladie qui a emporté la fine et sensible Christel Peyrefitte, l'exégète de l'œuvre d'Albert Cohen.

Lancelot lui-même est contesté. L'hiver 1995, les étudiants de Sciences Po, si peu rebelles d'habitude, ont occupé durant trois jours et trois nuits l'amphi Boutmy, rebaptisé pour la circonstance « Farinelli », comme le castrat italien, parce qu'on accuse le directeur de vouloir « couper les bourses des étudiants ». Lancelot veut transformer ces fameuses bourses en prêts à l'américaine et refuse d'accorder aux élèves le droit de redoubler l'année préparatoire. La rue Saint-Guillaume est jonchée de tracts. Du jamais vu depuis Mai 68 où les drapeaux rouges avaient flotté durant trois semaines, accrochés à la façade.

Un matin, en arrivant dans le hall, le directeur a été accueilli par une centaine d'étudiants scandant : « Lancelot, démission ! Lancelot, démission ! » Il a fallu toute l'habileté florentine du professeur d'économie Jean-Paul Fitoussi, nommé médiateur, pour ramener le calme. Depuis, le directeur, qui ne répugne pourtant pas aux coups de griffe, paraît profondément blessé.

Jusque-là, Lancelot évoquait sa succession de manière un peu vague. Mais voilà qu'en mars 1996, le président du Sénat René Monory l'a nommé au Conseil constitutionnel en remplacement de Marcel Rudloff, subitement décédé. C'est une occasion inespérée de sortir par le haut. Devant ses proches, le directeur a fait le compte de tous les candidats possibles en les récusant à chaque fois. « Celui-ci est un grand universitaire, mais il n'a pas l'expérience administrative nécessaire... Celui-là est sans imagination... Lui, à la Cour des comptes, a le profil mais je ne l'ai jamais vu s'intéresser aux étudiants... » L'un est trop vieux, l'autre trop terne, le troisième sans ambition.

Seul Richard Descoings trouve grâce à ses yeux. C'est un enfant de Sciences Po, un conseiller d'Etat connaissant le droit et les méandres des ministères, un passionné d'éducation, surtout. « C'est parfait ! » assure Lancelot. En 1990, lorsqu'il s'est cassé la jambe, Descoings ne l'a-t-il pas efficacement remplacé, le temps qu'il se remette ? « On se moque qu'il soit de gauche, non universitaire et pédé. C'est ce qu'il faut à l'école ! » plaide-t-il devant son protégé, Dominique Reynié.

A partir de là, la nomination de Richard a été une opération rondement menée. Soucieux de rejoindre au plus vite le Conseil constitutionnel, Alain Lancelot souhaitait limiter les intrigues. Trois ou quatre candidats ont bien tenté leur chance, grimpant l'escalier de pierre qui mène jusqu'à son bureau, au deuxième étage. Ils sont ressortis sans espoir. Etrillés par cet homme sanguin qui leur a dressé un tableau terrifiant de la fonction comme s'il leur signifiait qu'ils n'ont ni la carrure ni l'allant.

C'est l'une des qualités de Lancelot que de ne jamais avoir eu peur du changement. En quinze jours, il s'est occupé d'écarter les prétendants, de museler les opposants et de convaincre tous les autres. Son prédécesseur, Michel Gentot, lui-même conseiller d'Etat, a été chargé de balayer les rumeurs venues du Palais-Royal. Les frasques de Richard, ses sautes d'humeur et ses petits matins brouillés ont été effacés comme par enchantement.

Même le banquier Michel Pébereau, qui préside le conseil de direction de l'école, est allé à sa demande jusqu'à Matignon pour convaincre Alain Juppé de la nécessité de faire élire son protégé. « Il ne vous a pas échappé que votre candidat s'est d'abord fait les dents dans les cabinets ministériels de la mitterrandie ? » a glissé le Premier ministre en levant un sourcil. « Ah oui ? » a fait mine de découvrir le banquier. Et Juppé a donné son accord sans plus de difficulté.

A l'Elysée, Jacques Chirac n'est pas fâché de rajeunir les cadres. Afin de mieux contrer son rival

Edouard Balladur, il a fait mine de mener sa campagne présidentielle contre les élites, lui qui en est le pur produit. Pendant des mois, il a répété ses attaques contre « la pensée unique », nouvelle formule qui fait florès et sert autant à fustiger un certain néo-libéralisme économique que la construction européenne… bref, l'esprit Sciences Po. Lancelot lui a présenté le jeune Descoings qui lui a fait son numéro de charme. Le garçon est parfaitement inconnu, mais il paraît avoir des idées pour moderniser l'école et il appartient aux grands corps de l'Etat. Voilà au fond ce qui convient à Chirac, ce faux révolutionnaire tellement attaché aux conventions.

Même l'ami Olivier Challan Belval a actionné ses réseaux séguinistes en demandant au chef de cabinet du président de l'Assemblée, Roger Karoutchi, de plaider la cause de Richard. A la fin du mois de mars 1996, la nomination est réglée. Les opposants éventuels n'ont pas eu le temps de faire campagne. Dans les milieux politiques, on le connaît peu. La haute fonction publique ne l'a pas vu venir. La veille du Conseil des ministres qui doit adopter la nomination du nouveau directeur, Jean-François Cirelli, le conseiller économique du président de la République, pousse la porte de Maurice Ulrich à l'Elysée. Le vieux sénateur est un ami de Jacques Chirac qui lui a offert un bureau pour le plaisir de pouvoir discuter en bonne compagnie devant une bière.

« Quoi de neuf ? demande benoîtement Cirelli à son aîné. — Eh bien, on nomme un certain Descoings à la tête de Sciences Po… Tu le connais ? — Non, qui est-ce ? — C'est bizarre que cela ne te dise rien, il est de ta promotion à l'ENA… » Le jeune conseiller tombe des nues. Jamais il n'aurait imaginé que son ancien condisciple rafle à moins de quarante ans un poste aussi prestigieux.

Quand Richard traverse le petit jardin de Sciences Po, sa longue silhouette mince flottant dans son loden, on croirait un étudiant. Les professeurs qui, jusque-là, l'avaient à peine remarqué détaillent entre eux les chaussures de cuir, le costume sombre et la cravate impeccablement nouée. Mais lorsque leur regard se lève un peu plus haut, ils s'effraient du visage de gamin sous les cheveux ondulés. Le nouveau directeur n'a pas encore trente-huit ans.

Dans les couloirs, la galerie de portraits de ses prédécesseurs offre, depuis les débuts de la IIIe République et la fondation de l'Ecole libre des sciences politiques, un remarquable échantillon de barbons à longs favoris ou, au mieux, de sémillants quinquagénaires. Et lui, avec sa tête de premier communiant, ses longues jambes et son gros cartable d'écolier, le voilà patron du temple des élites !

Dès que son nom a couru pour succéder à Alain Lancelot, un petit groupe de professeurs est parti en ambassade consulter René Rémond. Maigre et sec, grand catholique et d'une intelligence aiguë, le président de la Fondation nationale des sciences politiques est la figure morale de Sciences Po. Une sorte de statue du commandeur dont le grand œuvre, l'*Histoire des droites en France*, tient lieu de bible dans les amphis, les rédactions des journaux et les partis politiques depuis près d'un demi-siècle.

« N'est-ce pas un peu prématuré, pour ce jeune Descoings, de prétendre à son âge… » Mais Rémond n'a aucunement l'air terrifié. A près de quatre-vingts ans, il envie au contraire l'énergie de la jeunesse. « Ce garçon a toutes les qualités et Mitterrand, Giscard et Chirac ont été ministres à moins de quarante ans, a souri l'historien. Il faut revitaliser l'école par un apport de sang frais ! » La délégation de professeurs a dû battre en retraite.

Richard est conscient que sa jeunesse fait peur. Sa voix sourde paraît mal assurée et il s'efforce de l'affermir. Il a gommé ce léger ton efféminé qu'il prend lorsqu'il veut séduire un homme. Dans la maison de Guillaume Pepy, près de Dreux, où il est parti trois jours pour préparer son discours devant le conseil d'administration, il demande à Dominique Reynié : « Tu crois que je peux me vieillir d'un ou deux ans ? »

On comprend qu'il soit inquiet. Le conseil d'administration de Sciences Po est une assemblée de sexagénaires érudits et conservateurs. Jamais ils n'ont été gouvernés par un homme aussi jeune. L'école fonctionne depuis toujours dans un entre-soi rassurant peuplé d'historiens et de sociologues, d'une part, de représentants des grands corps de l'Etat, de l'autre. Ce sont ces derniers qu'il connaît le mieux et a entrepris de séduire.

Ces messieurs du conseil sont avant tout soucieux de retrouver les signes concrets d'appartenance à l'élite. Richard Descoings soigne donc son apparence vestimentaire et ses mots. Une référence à un arrêt du Conseil d'Etat, quelques « ce n'est pas convenable », des « monsieur le premier président » *ad nauseam*, ponctuent habilement ses discours. Il demande les avis des uns et des autres avec humilité. En quelques mois, l'assemblée est emballée devant tant de déférence.

Jamais Richard n'a été aussi heureux. Parfois, lorsqu'il regarde par les grandes croisées de son bureau ces étudiants qui discutent en fumant, dans le jardin de l'école, il découvre en lui des bouffées inconnues d'exaltation et d'orgueil. « A partir de maintenant, nous allons faire de grandes choses ! » a-t-il promis à ses amis. Pour rassurer l'équipe en place, il a aussi confié : « Cela fait dix ans que je m'y prépare. » Ce n'est qu'un demi-mensonge. Tout son parcours, des meilleures prépas aux dossiers juridiques du Conseil d'Etat, du militantisme à Aides aux négociations budgétaires interministérielles, a fini par composer un formidable réservoir d'expériences. Mais la vérité est qu'il ne sait pas bien par où commencer. Dans cette école qui enseigne à longueur d'amphis les vertus de la démocratie, les directeurs ont toujours fonctionné sur un mode autoritaire. Il sent bien que même si son élection a été aisée, il lui reste à asseoir son pouvoir et sa légitimité.

Pour donner un gage aux étudiants qui, six mois plus tôt, étaient en grève, Descoings a permis le redoublement en « A.P. », l'année préparatoire. Mieux vaut, comme les grandes écoles, sélectionner sévèrement à l'entrée puis accompagner les élèves jusqu'au bout du cursus, plutôt que d'en laisser la moitié sur le carreau au bout d'un an. Sciences Po ne doit surtout pas reproduire l'effroyable gâchis pratiqué sans complexe par l'Université.

C'est l'une des grandes forces du nouveau directeur que d'avoir tout de suite compris qu'il lui faut s'appuyer sur les étudiants. Dans cette fin de siècle où les professeurs ont perdu leur magistère et où la crise abandonne sur le bas-côté les moins bien formés, l'éducation est devenue un marché exigeant et concurrentiel. Il est temps de se préoccuper de ses premiers « usagers ». Ce sont les jeunes qui doivent être son objectif affiché et son soutien.

Tout de suite, Richard a pris langue avec leurs syndicats. Un samedi après-midi, il a fait venir le représentant de l'Unef, Laurent Bigorgne, un fils de proviseur d'un lycée de Nancy, familier du syndicalisme de la CFDT dont Jacques Chérèque et son fils François tiennent le flambeau dans sa Lorraine natale et meurtrie. « L'Unef votera-t-elle le budget ? a attaqué le directeur. — Non. — Va-t-elle s'abstenir ? » Le jeune homme au teint pâle tente une partie de bluff : « Ça dépend de ce que vous nous offrez... — 500 000 francs d'aide sociale aux étudiants. » Comment dire non ?

Quelques heures plus tard, Descoings reçoit Xavier Brunschvicg, l'un des meneurs de la grève de 1995. C'est un grand gaillard, en jean et blouson qui, pendant les nuits d'occupation, dansait sur les tables de l'amphi Boutmy sur Offspring, un groupe punk californien. Depuis, il a monté une section Sud, ce syndicat qui, dans toute la France, tient la dragée haute aux patrons et concurrence les mouvements de gauche traditionnels.

Richard lui fait le même numéro de charme. Celui qu'il déploie facilement devant les garçons qui lui plaisent, à coups de sourires et de complicité juvénile. Quelques semaines plus tard, les tracts de Sud-Sciences Po affichent un slogan rassurant : « Nous sommes radicaux sur la forme, pas extrémistes sur le fond. » On ne peut pas rêver mieux...

L'UNI, l'organisation qui se définit de « droite et anti-grève », a regardé arriver avec plus de méfiance cet ancien des cabinets socialistes. Le syndicat flaire la démagogie sous les premières annonces. Au sein du gouvernement Juppé, où ses leaders sont régulièrement reçus, on a tordu le nez en entendant Descoings plaider pour la réforme du redoublement. « Ce sont les plus modestes et les provinciaux qui sont éjectés », argumente le nouveau directeur. « Il va faire baisser le niveau de Sciences Po ! » craint-on dans les couloirs des ministères où les anciens diplômés sont légion. Dans les rangs du RPR, il n'est pas rare d'entendre souffler : « Voilà ce qui arrive lorsqu'on propulse à la tête d'une école un type de gauche ! » Mais enfin, il a réussi à les neutraliser.

La haute fonction publique, le gouvernement, les ambassades de France à l'étranger, les assemblées parlementaires, les partis politiques, les directoires des entreprises, les rédactions des journaux, bref, toute cette nomenklatura française où les anciens de Sciences Po sont si largement représentés, observe l'installation du nouveau directeur.

Il est bien accueilli, cependant. Pour fêter sa nomination, son ancien professeur de Sciences Po, le conseiller d'Etat Bernard Stirn, a retrouvé sa fiche d'étudiant, qu'il lui a offerte comme une relique. A l'époque où il était son professeur, Stirn avait repéré ce jeune prince latent masqué derrière une carapace de conventions semblable à la sienne. Il sait aussi où se situe l'autre personnalité de Richard. Mais comment mieux dire que ce garçon intelligent est, comme lui, un membre du sérail ?

Au Siècle, dont l'ambitieux ne manque aucun dîner, « Monsieur Descoings » est devenu un convive recherché. Lors des cocktails qui précèdent le repas, ce patron si juvénile est plus entouré qu'auparavant. A table, on l'interroge sur ses intentions. Il y a toujours, parmi les membres de ce cercle d'influence, un ancien étudiant ou un parent d'élève et souvent, les deux à la fois.

Le conseil d'administration de l'école est vite devenu son meilleur soutien. Et son meilleur agent de promotion à l'extérieur. Il y a là le vice-président du Conseil d'Etat, des membres éminents de la Cour des comptes, le directeur de l'ENA, des professeurs renommés et de grands patrons d'entreprise. C'est peu dire que le directeur les a vampés.

Même le glaçant Michel Pébereau, à la tête du conseil de direction, s'avoue charmé. Ce grand banquier impérieux, PDG de la BNP, n'est pourtant pas aisé à impressionner. « C'est un portrait parfait de Français du XVIIIe siècle, a soufflé un jour l'historien Alain Besançon, on voit bien en lui l'officier royal, un peu impérieux, habité par le devoir. » Depuis trente ans, sa morgue tient en respect jusqu'aux présidents de la République qui le reçoivent avec componction et suivent sans barguigner ses oracles.

Lorsqu'il trône au conseil, au centre de la longue table rectangulaire, les représentants des étudiants doivent rassembler tout leur courage pour demander la parole. Leurs approximations sont saluées d'un geste d'impatience. Les revendications « gauchistes », ou que ce droitier juge comme telles, lui font lever les yeux au ciel. Si les débats s'éternisent, il regarde ostensiblement sa montre. La condescendance paraît le trait dominant du caractère de ce polytechnicien qui s'enorgueillit d'avoir aussi fait l'ENA et d'être sorti dans les premiers, à l'Inspection des finances, comme il se doit.

Mais avec Richard Descoings, c'est autre chose. L'ancien des classes préparatoires sait le prendre. A peine arrivé, il est venu lui demander instamment de rempiler à la tête du conseil de direction. Il sollicite ses avis sans cesse, s'ouvre en avant-première de ses projets de réforme et demande même des conseils sur la littérature de science-fiction dont Pébereau est un amateur éclairé. Le grand patron plein de hauteur en a été flatté.

A la tête de la Fondation nationale des sciences politiques, René Rémond, soucieux d'éviter les tumultes, offre un appui tout aussi solide. Rémond est un intellectuel, aimable avec chacun. Sa faiblesse est d'être sensible aux honneurs. Il jette à peine un coup d'œil sur les dossiers budgétaires, écarte tout ce qu'il appelle « la technique ». Mais il sait parler aux professeurs et ménager leur ego, et Richard a rapidement compris tout l'intérêt qu'il y aurait à en faire son ambassadeur.

Le conseiller d'Etat se sent gauche au milieu des chercheurs et des enseignants. Il n'a pas, comme eux, cette éloquence ciselée dans les amphis. Sa voix vibre trop dès qu'il hausse le ton et sa langue sonne comme celle des technocrates.

Plus ennuyeux, aux yeux des professeurs, il ne peut revendiquer aucun titre académique. Pas une publication à mettre à son crédit. Il sait bien que, dans son dos, on murmure sur « le retour des énarques ». « Encore un clone... », a glissé la directrice des études, le jour de son arrivée. C'est l'un des paradoxes de Sciences Po : dans cette pouponnière de hauts fonctionnaires, les professeurs tiennent l'énarchie qu'ils contribuent pourtant à former pour un concentré d'arrogance et d'inculture...

Les premières semaines, le « clone » a donc entrepris de se faire accepter du corps des universitaires. De modifier son image en même temps que de repérer ceux sur lesquels s'appuyer. Il a invité avec déférence les plus influents d'entre eux au Café de Flore ou au restaurant de l'Hôtel Lutetia, tout proches. Deux guides s'étaient proposés pour le cornaquer. Le président de l'association des professeurs,

François Rachline, un docteur en économie érudit et charmant, et Jean-Luc Domenach, le directeur scientifique de Sciences Po. Ce sinologue reconnu, parlant couramment le chinois et le japonais, avait déjà impressionné Richard en tirant de sa poche, dès la fin de leurs premières réunions communes, *Le Quotidien du peuple*, l'organe officiel du Parti communiste chinois, dont il décrypte chaque jour la langue de bois avec un art consommé.

Spécialiste des plénums rouges et des cités interdites, il a éclairé les coulisses de Sciences Po d'une lumière moins intimidante. « Hélène Carrère-d'Encausse est une soviétologue de cour dotée d'un grand talent d'écriture, énonce cet expert comme s'il levait sa lanterne le long d'une galerie de portraits, Jean Leca aborde les sciences politiques à travers la philosophie… Celui-ci est aimable mais il croit qu'il est brillant… Michel Winock et Jean-Pierre Azéma comptent parmi les meilleurs historiens français et sont de remarquables professeurs, mais beaucoup de leurs collègues sont tout juste de bons enseignants de lycée… »

Tout un univers de coteries et de jalousies a fini par se substituer, dans l'esprit de Richard, à ces intellectuels qui le complexent. L'ancien des cabinets ministériels de la mitterrandie finissante s'étonne parfois de cette petite cour saint-simonienne dans laquelle les agrégés se comportent en archiducs régnant sur des empires-confettis, où les historiens jalousent les juristes qui méprisent les économistes qui ignorent les politologues. Offrir à l'un d'aménager ses horaires de cours, proposer à l'autre d'enseigner en « Boutmy », l'amphi le plus prestigieux de la rue Saint-Guillaume, peut calmer des rancœurs naissantes.

Le soir, à partir de dix-huit heures, le jeune directeur reçoit donc « messieurs les professeurs » les plus influents. Dans son bureau, trône une lithographie d'Olivier Debré barrée de citations du poète Edmond Jabès, l'auteur du *Livre des questions*. Il a fait acheter des bouteilles de whisky. Là, devant les verres de liquide ambré qu'on sirote doucement, il assoit son pouvoir par une multitude de petits accommodements. Accorde des décharges de cours, fait déplacer un horaire qui ne convenait pas, promet de freiner l'expansion d'un rival. En bon connaisseur des faiblesses humaines, il a décidé d'organiser un système de faveurs sans conséquences destinées à s'attacher des fidélités et à neutraliser les moins allants.

Richard et Guillaume ont acheté ensemble une maison de campagne nichée dans un jardin de roses, à Saulnières. Le village est sans charme véritable, mais leur longère de pierre est celle où les Pepy passaient autrefois week-ends et petites vacances, à quelques kilomètres de Dreux. C'est une demeure confortable et le directeur de Sciences Po a pris l'habitude d'y organiser, deux ou trois fois par an, les séminaires de son comité exécutif. Ces jours-là, toute l'équipe quitte Paris le vendredi, juste après le déjeuner afin d'éviter les embouteillages, et roule en cortège sur la nationale 12, derrière la voiture de Richard, installé à côté de son chauffeur.

Il n'a rien caché de leur vie commune à ses subordonnés. Il a montré le jardin, les rosiers, l'appartement du couple avec son bureau attenant, le salon et les trois autres chambres, où dormiront les plus proches collaborateurs, quand les autres iront à l'hôtel.

Depuis qu'il s'est mieux installé dans ses fonctions, le « patron » n'en finit pas d'évoquer son compagnon.

La première année, il a d'abord discrètement fait venir Guillaume Pepy rue Saint-Guillaume afin que celui-ci présente, au nom de la Sofres dont il était alors le directeur général adjoint, les résultats d'une enquête sur les étudiants. Depuis que Pepy a rejoint la SNCF comme directeur de la stratégie, on l'aperçoit parfois le soir, arrivant à pied de ses bureaux à Montparnasse. Même ceux qui n'ont encore jamais vu sa haute silhouette, son regard divergent et ses dents du bonheur, savent que, de petites allusions provocantes en références tendres, son ombre plane sans cesse dans les conversations de Richard.

Le jour où le directeur des études Guillaume Piketty, un jeune Supélec recruté autrefois par Lancelot, est entré pour la première fois dans le bureau de son nouveau patron, il a eu la surprise de l'entendre ironiser devant sa secrétaire, « Tout de même, ce prénom, ces initiales G.P., cela ne va pas être commode de ne pas les confondre… ». Quand le gouvernement de Lionel Jospin a annoncé sa résolution de faire voter le Pacs, Richard a clamé : « Cela fait dix ans que Guillaume et moi sommes à l'avant-garde ! »

Pour finir, des professeurs, des chargés de mission sont venus discrètement aux renseignements auprès d'Annick Lutigneaux, l'assistante qui veille depuis près de vingt ans sur tous les directeurs. De son minuscule bureau envahi par la fumée de ses Gauloises, la secrétaire a affranchi les ignorants. Un homosexuel vivant en couple sans se cacher, c'est une nouveauté, bien sûr. Le Corse Jean-Claude Casanova, qui enseigne l'économie avec sa voix de basse et porte haut son titre de membre de l'Académie des sciences morales et politiques, a jugé que « ces mœurs sont d'abord une souffrance… ». Mais chacun a peu à peu admis l'histoire d'amour, sans se formaliser davantage.

Dans le salon de la maison de Saulnières, on a empilé des dossiers. Patrick, le chauffeur, a déchargé du coffre de la voiture les victuailles achetées chez un traiteur et quelques-uns de ces bons bordeaux que Richard affectionne. Une dizaine de collaborateurs ont été conviés, du directeur de l'école doctorale au patron des bibliothèques.

Ceux-là n'ont pas mis longtemps à déceler la force visionnaire de Descoings. En quelques mois, le jeune homme timide des débuts a fait place à un stratège fourmillant d'idées nouvelles. Même physiquement, il paraît changé. Son regard perçant semble toujours en mouvement. Il a laissé pousser ses cheveux, qu'il porte un peu longs dans le cou, avec une pointe de gel pour en discipliner les ondulations. Ses chemises sont plus colorées, ses cravates sans cesse renouvelées. Son ambition pour Sciences Po est exaltante. « Je veux en faire le Harvard à la française ! » a-t-il décrété. Depuis, les réformes se succèdent à un rythme échevelé.

Pour s'assurer des soutiens, Richard s'est transformé en politique. Alain Lancelot, avant lui, passait déjà une partie de son temps à fréquenter les couloirs de l'Elysée et les ministères pour obtenir des rallonges à sa subvention. « Il y a de bonnes chances que tous les types dont vous avez besoin aient fait l'ENA, comme vous », répète-t-il à Richard lorsqu'ils déjeunent ensemble à deux pas du Conseil constitutionnel.

Au printemps 1997, Jacques Chirac a décidé une dissolution qui a ramené une coalition rose, rouge et vert sur les bancs majoritaires de l'Assemblée et il a fallu renouer des contacts avec la gauche. Deux ans plus tôt, lorsque son ancienne collègue du cabinet Lang, Clotilde Valter, avait voulu l'enrôler dans la campagne présidentielle de Lionel Jospin, Richard avait décliné l'offre. Maintenant que les socialistes sont de retour au pouvoir, il assure qu'en dépit de sa nomination sous un gouvernement de droite, sa vraie famille de pensée se trouve là. Et puis, les anciens Sciences Po sont nombreux à Matignon et au sein du nouveau gouvernement socialiste. Olivier Schrameck, le directeur de cabinet du Premier ministre, est un conseiller d'Etat, comme lui et, mieux encore, a occupé avec passion, douze ans plus tôt, le poste de directeur des enseignements supérieurs au sein du ministère de l'Education nationale.

Richard a surtout trouvé un allié inattendu, hors

des solidarités de coteries, au ministère de l'Education nationale. Lionel Jospin y a placé son plus fidèle ami et conseiller, Claude Allègre. C'est un esprit fin sous une allure de fort en gueule. Habitué des instituts de recherche étrangers, il est bien décidé à réformer l'Université française pour la mettre aux normes de ces grandes facultés américaines ou européennes qu'il fréquente depuis des années.

Le ministre a trouvé en Descoings un directeur qui partage beaucoup de ses convictions. « Personne ne comprend rien à notre système, explique Allègre. Les Deug n'existent pas ailleurs. A Sciences Po, votre année préparatoire et les deux ans qui suivent n'ont aucune signification pour une université anglo-saxonne. La plupart de nos diplômes n'ont pas d'équivalence à l'étranger. C'est par les jeunes que nous ferons l'Europe mais l'Europe n'est pas capable de lancer une politique en faveur des jeunes. Alors, nous allons la faire avec les pays leaders de l'Union ! Si cela marche, les autres suivront... »

Ce sens du coup d'éclat, cette ambition ont eu tôt fait de séduire Richard. Lorsque Claude Allègre a réuni en 1998 à la Sorbonne ses homologues britanniques, allemands et italiens pour les engager à harmoniser leurs diplômes, le directeur de Sciences Po a suivi pas à pas leurs travaux. Un an plus tard, le processus de Bologne a sacré la fameuse réforme « LMD », licence, master et doctorat, une organisation des enseignements en semestres qui doit favoriser les échanges universitaires en faisant converger les systèmes d'enseignement. Richard a tout de suite compris qu'il tenait là un levier pour tout transformer.

Dans le jardin de Saulnières, la petite troupe s'est réunie pour prendre le café devant la maison. Il fait beau. On s'installerait presque dans des chaises longues pour une sieste légère, dans les parfums du printemps. Comment s'endormir, cependant, en ayant sans cesse Richard sur le dos ?

Jamais il ne dételle ! Dans cette école où l'on enseigne la modération et le balancement circonspect, ce « oui, mais » tellement Sciences Po, le directeur impose un rythme effréné qui bouscule tous les usages.

Le matin, il a prêché pour que l'on adopte très vite la réforme initiée par Allègre. Dès que le conseil d'administration l'aura votée, la scolarité à Sciences Po passera de trois à cinq ans. Mais comment occuper les étudiants durant ces deux années supplémentaires ? Au déjeuner, on a parlé stages, cours d'application. Mais rien de saillant n'a retenu l'attention du patron. Pour le café, il veut du neuf ! Quelque chose qui transforme les élèves et les marque à jamais.

Habitué des séjours en Asie, où il a vécu plusieurs années, Jean-Luc Domenach trouve toujours les Français… trop français. « Ce serait bien d'obliger les étudiants à voyager… » Les enfants de la bourgeoisie partent en vacances en Angleterre ou aux Etats-Unis, font leurs humanités à Rome et Venise en poussant parfois jusqu'aux pyramides d'Egypte. Mais rares sont les élèves ayant largué parents et amarres pour découvrir durablement un autre pays.

A ses côtés, Francis Vérillaud réfléchit prudemment. Le responsable des relations internationales de l'école a été recruté par Alain Lancelot, quelques années plus tôt. C'est un ancien du Quai d'Orsay, un quinquagénaire à l'allure british, habile et fin psychologue. Depuis longtemps, il plaide pour allonger le cursus de Sciences Po et placer l'école au niveau des grandes universités internationales. « Vous ferez ça avec mon successeur », lui a dit Lancelot en partant. Depuis, il s'est arrangé pour devenir le principal conseiller de Descoings pour les affaires étrangères, au grand agacement des professeurs de relations internationales qui méprisent ce conseiller qui tutoie le directeur : « Richard a son petit Talleyrand. »

En voyant le patron se redresser à la suggestion de Domenach, Vérillaud a flairé la bonne idée. « On pourrait les envoyer trois ou quatre mois à l'étranger ? » Depuis dix ans, quelques milliers de jeunes Européens ont profité des programmes Erasmus sans que jamais Sciences Po n'y participe. « Nous les ferons partir une année ! » tranche aussitôt Richard. Il ne sait pas encore que, dans quelques années, *L'Auberge espagnole*, avec ses héros qui musardent dans les facs de Barcelone et découvrent l'amour sur les toits de la Sagrada Família, sera l'un de ses films préférés.

Au conseil d'administration suivant, le fougueux général expose son projet : « Notre horizon, c'est le monde, notre maison c'est l'Europe. » On l'écoute avec scepticisme. C'est bien beau, mais comment compte-t-il s'y prendre ? Un professeur se souvient encore d'avoir entendu son voisin souffler : « Mille étudiants chaque année à l'étranger ? Il rêve ! »

Il ne rêve pas. Quelques mois plus tard, le voilà qui embarque avec sa petite troupe de professeurs et de chargés de mission dans des avions à destination du monde entier. C'est tout Richard Descoings que d'aller « vendre » aux universités les plus prestigieuses d'Europe, d'Amérique ou d'Asie la vitrine rutilante d'une école qui, jusque-là, n'a d'autre renom qu'hexagonal. L'ancien enfant des quartiers bourgeois de Paris n'aime pas voyager et connaît mal l'étranger. Mais il a compris la nécessité de préparer les élites à la mondialisation.

En Europe, on le reçoit partout. A la London School of Economics, au cœur de la Freie Universität de Berlin, sur le campus de la Stockholm School of Economics suédoise. Mais dès que l'on quitte le continent, les choses sont plus difficiles. « Un étudiant coûtant 15 000 dollars au bas mot dans une université américaine quand les droits d'inscription en France sont d'à peine 600 euros, la France est systématiquement désavantagée : nous avons quinze étudiants américains en France pour un Français accepté outre-Atlantique, a énoncé Vérillaud. Il faut obtenir un échange de un pour un. »

Pour y parvenir, Descoings a imaginé un magnifique coup de bluff : il va échanger l'excellence. Rue Saint-Guillaume, la plupart des professeurs ont encore coutume d'appeler leur institut « la maison ». Aux Etats-Unis, au Japon, Descoings présente « Sciences Po » comme s'il s'agissait de l'une des plus prestigieuses universités françaises.

Le ministre des Affaires étrangères Hubert Védrine a accepté de demander aux ambassadeurs de France à l'étranger – presque tous d'anciens diplômés de l'école – de faciliter le plus possible les contacts.

C'est ainsi que l'ambassadeur de France à Washington, François Bujon de l'Estang, et le sherpa de Jacques Chirac à l'Elysée, Jean-David Levitte, lui ont recommandé une Française étonnante, à Chicago. A la tête de Baker & McKenzie, l'un des plus grands cabinets d'avocats du monde, Christine Lagarde est toute prête à donner quelques conseils.

De deux ans plus âgée que Richard Descoings, c'est une provinciale qui a spectaculairement réussi aux Etats-Unis. Diplômée de l'Institut d'études politiques d'Aix-en-Provence, elle a plaisanté d'emblée devant le conseiller d'Etat en lui avouant qu'elle avait échoué à l'ENA. Elle n'a rien à envier à Richard, cependant. Première femme à présider le comité exécutif de Baker & McKenzie, cette grande bringue rieuse qui parle anglais avec aisance est régulièrement sollicitée par le *Wall Street Journal* pour sa vision du monde des affaires. Grâce à elle, le directeur français pénètre les arcanes des *law schools* américaines et fréquente les dîners du Tout-Chicago.

« L'imposture fonctionne », soupire parfois Richard lorsqu'il mesure le décalage entre ses appuis les plus spectaculaires et la réalité de sa petite école. Mais ça marche !

A Tokyo, Jean-Luc Domenach, le seul à parler japonais, cornaque la petite troupe du directeur au cœur des universités de Todai et Waseda. La journée, on se plie aux courbettes indispensables. Le soir, on dîne dans des restaurants de sushis du quartier de Shinjuku.

Vingt fois, surtout, ils font le voyage jusqu'aux Etats-Unis pour visiter les campus de Columbia, de Princeton, de la Kennedy School de Harvard et, à Montréal, celui de l'université canadienne anglophone McGill. Richard Descoings négocie pied à pied la possibilité de conduire des doubles diplômes franco-américains et des masters communs. Ce « détour américain » doit permettre à l'école de la rue Saint-Guillaume d'exister partout.

L'ancien maître des requêtes au Conseil d'Etat n'est pas professeur, contrairement à l'immense majorité des présidents d'universités étrangères. La plupart de ses homologues européens ou américains sont des universitaires reconnus. Pas lui. Lors des remises officielles de doctorats, tout le monde parade en toge sur l'estrade, quand il reste au pied des tribunes. Richard est presque toujours le plus jeune dans les symposiums internationaux. Relégué hors des cercles où conversent les professeurs qui débattent de leurs travaux et s'estiment entre pairs.

C'est humiliant, cette façon qu'ils ont tous de lui demander « Et quelle chaire avez-vous occupée ? » avant de réprimer une petite moue en apprenant qu'il n'a jamais enseigné. Au-delà des frontières françaises, le corps des conseillers d'Etat ne signifie rien. On le prend pour un juge administratif. Il n'a aucune publication scientifique à son actif. Pas même un livre dans une maison d'édition française. Enarque, et alors ? La plupart des chercheurs n'ont que mépris pour les hauts fonctionnaires…

Mais Richard a du charme, une intelligence évidente et de l'énergie. Lisa Anderson, alors présidente de l'université Columbia, à New York, se souvient encore de ses efforts pour améliorer son anglais jusqu'à parler très convenablement, au bout de quelques années de cours particuliers et malgré un accent à couper au couteau. Cette politologue, démocrate écoutée par l'administration Clinton, a vu arriver avec intérêt ce Français de dix ans son cadet. « C'est un imaginatif qui a compris ce que les prochaines générations auront besoin de savoir. »

Spécialiste du Maghreb et du Moyen-Orient, l'intellectuelle s'inquiète de voir que les universitaires américains continuent de penser dans un entre-soi confortable mais dangereux. C'est une femme avenante et cultivée. Elle a plaidé avec ardeur pour que le jeune patron de Sciences Po soit le premier Européen admis à l'Apsia, cette prestigieuse association des écoles professionnelles d'affaires publiques, réseau des plus grandes universités américaines.

Pour Richard, c'est un succès. Pour la France, c'est une reconnaissance. A Matignon, Lionel Jospin se méfie un peu de ce directeur qui paraît accomplir à marche forcée des réformes que son gouvernement a suspendues, faute d'adhésion de son électorat traditionnel. Mais au sein de son cabinet et de son gouvernement, la plupart des conseillers adhèrent pleinement aux transformations de l'école qui est aussi, souvent, celle de leurs enfants.

Richard Descoings a proposé que la prochaine

réunion de l'Apsia se déroule à Paris ? Hubert Védrine organise aussitôt au Quai d'Orsay un fastueux dîner pour la trentaine de présidents d'université de l'association. Porcelaine de Sèvres, verres des Cristalleries Saint-Louis et grands vins issus de l'une des plus belles caves de la République. Le lendemain, c'est l'administrateur de Versailles, Hubert Astier, un ancien de l'ENA promotion Stendhal, qui ouvre la Galerie des glaces pour une visite privée et offre un dîner au Trianon. Rien n'est trop beau, désormais.

Quand le directeur de Sciences Po arrive, dans sa 607 bleu marine de fonction conduite par son chauffeur, lorsqu'il reçoit à déjeuner rue Saint-Guillaume, dans la salle à manger particulière qui donne sur le jardin, et dîne le soir au Siècle, on croirait voir un ministre. Pour les présidents d'universités américaines, ceux de Harvard ou de Princeton, cela n'a rien de surprenant. Tous sont logés dans de confortables maisons sur leurs campus et payés comme des patrons de grandes entreprises. Mais en France, où l'Université est pauvre, paralysée par son statut et ses corporations, l'autonomie de Sciences Po, qui agit avec le soutien de l'Etat et de l'argent public, commence à susciter la jalousie.

En 2000, pour célébrer l'internationalisation de l'école, Richard décide un spectaculaire voyage à Londres afin de célébrer la « diplomation » de la première promotion du XXIe siècle. Dans les dîners de la rue Godot-de-Mauroy, on s'épate de le voir si entreprenant et si ambitieux. Mais on l'aide, chaque fois qu'on peut. Guillaume Pepy et son second, David Azéma, à la tête d'Eurostar, ont réservé plusieurs wagons dans un train et le directeur est parti avec 400 étudiants, un après-midi du mois de juin, vers l'Angleterre.

Védrine, encore lui, a demandé à son homologue Robin Cook de recevoir toute la troupe au Foreign Office. Le soir, le directeur de Sciences Po a fait louer une discothèque. « Le deal est simple : nous ne paierons pas de nuit d'hôtel, a-t-il annoncé triomphalement aux nouveaux diplômés. Les couche-tôt se débrouilleront de leur côté, les autres danseront toute la nuit jusqu'au train du lendemain. » Evidemment, il est des « autres ».

Après le dîner, Richard arrive jusqu'à la boîte, entouré de centaines de jeunes gens. Il a troqué son costume de directeur pour un pantalon de cuir, un tee-shirt et un gilet sans manches, très « années Palace ». Musique, alcool, fête, il est dans son élément. Ses deux vies enfin rassemblées, il danse toute la nuit, excité, ivre et heureux au milieu de ses étudiants.

De l'entrée de la rue Saint-Guillaume, on n'entendait tout à l'heure qu'un brouhaha joyeux. A mesure que l'on traverse le hall, la fameuse « péniche » autour de laquelle une demi-douzaine d'huissiers attend encore l'arrivée du directeur, on distingue mieux le nom répété au rythme des mains qui tapent sur le bois des pupitres : « Ri-chie ! Ri-chie ! Ri-chie ! »

L'amphi Boutmy affiche complet. Les travées sont pleines et des dizaines de filles et de garçons sont assis sur les marches descendant vers la chaire. La jeunesse déborde de partout, massée jusque sur la mezzanine où des facétieux ont déployé une banderole reproduisant le visage du directeur, « Bienvenue chez Richie ».

Dans l'amphi, l'atmosphère a viré au délire lorsqu'un garçon est arrivé en hurlant, rouge et essoufflé d'avoir couru à fond de train pour prévenir la foule : « Il arrive ! Le voilà ! » Ça hurle, ça siffle, on a même allumé des briquets comme à un concert de rock.

La silhouette longiligne et élégante s'avance. A l'entrée de l'amphi, une haie d'honneur s'est formée spontanément pour lui ouvrir le passage. Visage impassible, un sourire flottant légèrement au-dessus du menton pointu, mais les yeux mobiles pour ne rien perdre de son triomphe, « Ri-chie » descend lentement vers l'estrade. L'assemblée exulte.

René Rémond, qui l'accompagne, a bien compris que cet enthousiasme ne lui était pas destiné. Jamais le président de la Fondation nationale des sciences politiques, grand officier de la Légion d'honneur et académicien français, n'a suscité une telle fièvre parmi ceux qu'il considère encore comme des gamins. Le septuagénaire en est presque gêné. Oh, ce n'est pas qu'il soit envieux des succès d'un autre, lui qui accumule toutes les dignités que la République accorde à ses serviteurs. Mais en historien, il s'inquiète vaguement de voir ces étudiants, auxquels l'école s'échine à transmettre les valeurs d'une démocratie modérée, manifester un tel culte à leur jeune directeur.

D'un geste, il a ramené le calme. C'est un homme d'expérience, dont le sens de la diplomatie avait déjà fait merveille en mai 68, lorsqu'il avait fallu négocier avec les contestataires de la fac de Nanterre. Ce grand catholique était le membre le plus à droite de l'assemblée des professeurs, mais il en était vite devenu le plus populaire au point d'être bientôt élu président de la nouvelle université. Tout de même, il vient de comprendre le sens d'une phrase qu'un confrère sociologue lui a glissée quelques semaines auparavant : « La nouvelle génération a besoin de rock stars, elle en a trouvé une avec Descoings. »

L'idole des jeunes s'avance vers le micro. D'un air grave, Richard a embrassé en un regard cette foule heureuse. Il sait bien qu'il faut rassurer les vieux professeurs tout en conservant la ferveur de ses jeunes troupes. En quelques phrases, il a décidé de jouer pour les deux publics. « Vous êtes parvenus à entrer à Sciences Po et je vous en félicite… Mais ne vous y trompez pas, vous n'avez encore rien fait. Ne vous prenez pas pour l'élite de la nation, vous en êtes loin encore. Il vous faudra travailler, apprendre, vous ouvrir aux autres et sortir de votre condition de jeunes privilégiés. Il va vous falloir transformer l'essai et abandonner votre cocon. Ne vous demandez pas ce que l'école peut faire pour vous, mais ce que vous pouvez faire pour les autres et pour vous-mêmes. Pour cela, ma porte vous sera toujours ouverte ! »

Jamais un directeur n'a paru aussi proche de ses élèves. Chaque jour, Richard s'arrête autour de la péniche, ce long banc en forme de bateau qui trône dans le hall. Il repère les timides, les provinciaux encore un peu gauches au milieu des Parisiens pleins d'aisance avec leurs cheveux plus longs, leurs vestes à la mode et la Vespa que leur ont achetée leurs parents.

« Je veux que les étudiants soient heureux ! » a-t-il décrété devant Michel Pébereau qui professait le contraire. L'austère banquier, en ancien des prépas à la française, assure que « la vie est difficile et que les étudiants doivent être stressés afin de se préparer aux réalités... ». Richard pense tout le contraire. Les pelouses du « jardin personnel du directeur », jusque-là entourées d'un grillage, ont été ouvertes aux élèves et il se félicite de les voir « s'embrasser sur l'herbe » depuis sa fenêtre. Richie enchaîne les rendez-vous, harassé de travail, mais trouve toujours un moment pour un café au Basile. Là, au milieu des tables enfumées, les jeunes gens se pressent autour de lui, stupéfaits et ravis de découvrir cet homme de quarante ans si disponible et bienveillant. On peut l'inviter facilement à un spectacle donné par la troupe de théâtre amateur de l'école. Il accorde des salles aux clubs, accroît les subventions aux associations et les élus du bureau des élèves sont prioritaires dans son agenda.

Aucun paradis artificiel ne lui a apporté le plaisir qu'il a à frayer chaque jour avec cette jeunesse. L'ancien enfant sage a pour les fortes têtes une indulgence de grand frère. L'ex-militant d'Aides a gardé une admiration pour ceux qui bataillent contre les institutions. L'amateur des fêtes déjantées cherche toujours un peu, sous les allures sages, le signe d'une transgression possible.

Richard a demandé qu'on lui signale les décrocheurs, ceux qui paraissent plus inhibés, plus déprimés que les autres. Lui-même a conservé le souvenir de ses années d'adolescence avec leurs chagrins d'amour et leurs vertiges existentiels. Il en a gardé une sensibilité particulière pour ces jeunes garçons incertains qu'il s'applique à pousser doucement dans leurs derniers retranchements.

Plus personne n'ignore l'homosexualité du directeur. Richie le magnifique est souvent imprudent. Une mère a menacé de faire un scandale après avoir découvert le petit mot plein d'allusions sentimentales qu'il avait envoyé à son fils et il a fallu toute l'habileté de l'un de ses chargés de mission pour le convaincre qu'il ne pouvait pas seulement la renvoyer d'un « ce garçon est majeur »...

Lors des fêtes étudiantes qu'il ne manque jamais, il peut provoquer facilement. Flirter avec un jeune éphèbe, faire le joli cœur devant un élève. Une fois, pour moquer un syndicaliste étudiant qui paradait avec une fille, il fait mine de lui voler sa conquête en quittant la soirée avec elle. Il envoie des SMS enflammés à un garçon de vingt ans, au teint velouté comme celui d'une pêche. « On the edge », disait Diane de Beauvau au temps de leurs nuits éreintantes. Il n'a pas oublié son goût pour les abîmes.

C'est un directeur qui entend jouer son rôle au-delà des limites habituelles. Un maître comme dans les lycées à l'antique ou les collèges anglais. Il vise à l'enrichissement des esprits, mais prétend aussi libérer les corps.

Il s'est mis à écouter « Lovin'Fun », cette émission de Fun Radio où le jeune animateur Difool et le pédiatre Christian Spitz, surnommé « le Doc », ont inauguré à la fin des années 1990 une émission de libre parole provocante et salutaire sur la sexualité des adolescents. S'il n'avait pas craint de voir René Rémond s'insurger, il aurait bien convié « le Doc » pour une conférence. Plus tard, il fera d'ailleurs venir un autre psychiatre médiatique, Didier Destal, le « psy » de « Loft Story », la première émission de téléréalité de M6, afin d'ouvrir au sein de Sciences Po une cellule d'écoute psychologique pour déceler le mal-être étudiant.

Il a conseillé à quelques garçons dont il avait deviné les ambivalences d'aller voir *L'homme est une femme comme les autres*, charmant film de Jean-Jacques Zilbermann mettant en scène les difficultés d'un jeune homosexuel juif, incarné par Antoine de Caunes, à se faire accepter par sa famille. Quelques parents se sont étonnés, pourtant, lorsque leurs enfants leur ont rapporté que le directeur s'offrait lui-même en modèle d'une différence assumée, jusqu'à clamer un jour en amphi : « Je suis le premier pédé de Sciences Po ! » Mais parmi les jeunes gens, hormis au sein de la petite association des étudiants catholiques de l'école, Richie fait l'unanimité.

Le petit jeune homme qui flottait dans son loden n'est plus qu'une ombre lointaine. Il s'est entraîné à parler en public, à ménager une progression dans ses discours, à corriger son léger chuintement. Il s'est laissé pousser une fine barbe qui lui donne l'allure d'un jeune prince italien et accentue son charme.

Rue Saint-Guillaume, toute une génération qui avait connu l'école d'antan se sent dépossédée depuis son arrivée. Sa stratégie en coups de boutoir et son goût pour le changement permanent commencent à créer résistances et inquiétudes. Chacun se sent continuellement sur la sellette, angoissé à l'idée de ne pas en être, d'être dépassé.

Lors d'un pot de départ en retraite, un professeur a lancé : « Il y a un fou à la tête de l'école, bonne chance à ceux qui restent ! » Lorsqu'une bonne âme a rapporté la scène au directeur, il a fait son sourire en dents de scie et lâché avec un mouvement léger de la main : « Bon débarras, non ? »

Les collaborateurs de Richard ont vite compris qu'il vaut mieux ne pas s'opposer à lui. Un début de critique, un soupçon de doute et l'œil rieur, l'écoute attentive se transforment en indifférence polie, prélude dangereux à l'excommunication. « Je ne peux marcher qu'avec des gens qui ont envie de me suivre », a-t-il prévenu d'emblée. Et, pour ceux qui regimbent, il fait mine de serrer un garrot imaginaire...

Il y a autour de lui des jeunes gens prêts à se damner pour lui plaire. On les reconnaît à cette façon qu'ils ont de chercher à briller, à devancer ses désirs, à leur regard éperdu de reconnaissance au moindre compliment.

Ses collaborateurs, surtout, forment un petit groupe compact d'admirateurs. Cette armée, dont la plupart des soldats n'ont pas trente ans, s'est vu proposer des salaires inhabituels dans un établissement d'enseignement, même à HEC ou Polytechnique. « 60 000 euros à vingt-sept ans, c'est beaucoup », a tiqué le banquier Michel Pébereau en apprenant la rémunération de Xavier Brunschvicg, ce jeune syndicaliste de Sud tout juste bombardé directeur de la communication. « Il me faut la crème de la crème », a rétorqué Richard.

Des garçons frais émoulus de l'école, de jeunes énarques qu'il a autrefois poussés vers les concours, continuent à revenir dans ses parages, comme aimantés par ce prince qui fourmille d'idées nouvelles.

Richard les invite au Perron, un petit restaurant italien près de la rue des Saints-Pères où l'on déguste à l'automne des pâtes aux truffes blanches du Piémont. « Vous allez longtemps supporter de vous ennuyer dans votre job ? » attaque-t-il. Puis, il trace la carte des mondes à conquérir et c'est comme s'il barrait la *Pinta*, la *Niña* et la *Santa María* vers l'Amérique. « Harvard à la française… révolution éducative… renouvellement des élites… » Rares sont ceux qui ne se laissent pas enrôler.

On a vite noté, dans les couloirs, l'empire qu'il a sur ses affidés. La façon dont il les envoûte et les pressure. Ce mélange de séduction et d'autorité. L'un de ses chargés de mission l'appelle « le Grand », comme s'il s'agissait de l'empereur Alexandre. L'autre est retrouvé sanglotant après une note retournée assortie d'un commentaire cinglant.

Encore aujourd'hui, nombreux sont ceux qui reconnaissent avoir été sous l'emprise de cette intelligence et de son charme magnétique. Ils l'ont adoré, c'est un fait.

Richie se montre attentif aux employés, ne manquant jamais un pot de départ pour lequel il dira quelques mots charmants. Les appariteurs ont été reçus pour un petit déjeuner dans sa salle à manger. Parmi les plus modestes, on adore ce grand type pas bégueule qui se préoccupe des salaires de chacun, distribue des primes et respecte scrupuleusement le droit du travail des plus fragiles. Réformiste, il a été l'un des premiers à vouloir introduire la réforme des 35 heures pour les métiers les plus ingrats de l'administration. Les syndicats d'employés ne trouvent rien à redire à ce patron progressiste.

L'autre visage du directeur est plus déjanté, cependant. Plus trivial, aussi. Il provoque ses collaborateurs. Alimente les jalousies d'un compliment pour l'un, d'une plaisanterie leste pour l'autre. Au crépuscule, il n'est pas rare qu'il emmène une demi-douzaine de ces plus jeunes garçons dîner et surtout boire dans des bars d'hôtel où il commande de grands vins dont il paye lui-même la note astronomique, aux yeux de tous.

Un soir, il propose d'aller danser au Queen, mais la petite bande est refoulée à l'entrée. « C'est bien la première fois ! » proclame-t-il et, pour achever de désorienter ces jeunes gens qui le suivent comme un gourou, il les traîne jusque dans un bar à hôtesses. Un endroit sinistre, avec trois filles accrochées au comptoir, qui viennent s'asseoir sur les genoux de Richard à la première bouteille de champagne commandée.

Pour une autre occasion, il mène les garçons et notamment l'un d'entre eux qui vient de se marier dans un club homo, où, au-dessus du bar, on diffuse des films pornographiques sur un grand écran. L'empereur décadent aime moquer la gêne de sa jeune cour.

Son équipe, cependant, fonctionne comme un cabinet ministériel. Il faut agir vite. Sa courtoisie d'énarque peut parfois être glaciale. Il a bombardé le professeur d'institutions politiques Olivier Duhamel « conseiller spécial », « comme en a un le président des Etats-Unis », rit-il sans que l'on soit toujours certain qu'il plaisante vraiment. Duhamel est fils de ministre, ancien député européen. Son épouse, Evelyne Pisier, est elle-même fille d'un haut fonctionnaire maurrassien et agrégée de droit comme lui. Un modèle d'héritier, affectif et raisonneur, militant socialiste et vice-président du Siècle. Le « conseiller spécial » est vite devenu son meilleur allié au sein du conseil d'administration de la Fondation nationale des sciences politiques.

La presse a commencé à s'intéresser à ce patron si moderne. Richie reçoit les journalistes à déjeuner, soigne les « rubricards » éducation des grands quotidiens. Xavier Brunschvicg, à la tête de sa communication, a eu une trouvaille pour contrebalancer ce surnom un peu trop « gay » que lui ont donné les étudiants : « Les jeunes l'appellent surtout Richie D... pour riche-idée », glisse-t-il aux journaux. Désormais, la plupart de ses portraits mentionneront ce qualificatif inventé de toutes pièces.

Il lui manque pourtant quelque chose. Lorsque Richard regarde ces amphis bondés qui l'adulent, il ne voit encore que des jeunes bourgeois, à peine différents de ceux qu'il côtoyait vingt ans plus tôt. Rien qui ressemble à cette transgression majeure qu'il aspire à incarner. Il lui faut un projet généreux, enthousiasmant et novateur qui le propulse au premier plan.

La berline sombre a quitté le faubourg Saint-Germain pour remonter vers le nord de Paris. Le chauffeur avance par à-coups, dans le grand flot de véhicules. On a passé la porte de Clignancourt et la voiture s'enfonce dans les rues de Seine-Saint-Denis. A travers les vitres, on distingue les étals colorés débordant sur les trottoirs et, au loin, des barres d'immeubles gris.

Richard Descoings s'est décidé à faire le voyage de l'autre côté du périphérique, vers cette société bigarrée et pauvre qu'il n'a jamais fréquentée. Rue Saint-Guillaume, on ne voit presque que de jeunes bourgeois à la peau rose et quand leur teint est d'ébène, ce sont les fils de diplomates africains. Lorsque le directeur monte jusqu'à son bureau, et regarde les portraits de ses prédécesseurs, il sait pourtant que l'histoire de Sciences Po a surtout retenu deux d'entre eux et deux grandes dates : Emile Boutmy, le fondateur en 1871 et Jacques Chapsal, le refondateur en 1945. Chacun porté par une réflexion sur la faillite des élites, à un moment marqué par l'effondrement du régime. Ces deux-là ont pensé qu'on pouvait régénérer la France. Depuis, Richard est obsédé par l'idée d'être lui aussi le refondateur des aristocraties du pays.

Sur la banquette arrière, Cyril Delhay, Vincent Tiberj et Madani Cheurfa observent ce patron qu'ils admirent découvrir ces visages venus d'Afrique, d'Orient et d'Asie. Depuis plusieurs semaines, les trois jeunes gens démarchent des lycées d'Ile-de-France et de Moselle classés en ZEP, afin de tester une idée folle : faire entrer à Sciences Po quelques élèves issus de ces banlieues ignorées des élites. Parfois, ils se font l'effet d'être des « témoins de Jéhovah », tant il faut avoir la foi pour briser les pesanteurs sociales. Mais maintenant qu'ils roulent au milieu des cités dans cette grosse voiture de fonction, ils en sont convaincus : « Oui, quelque chose est en train de changer ! »

Comme toujours avec Richie, l'affaire s'est bouclée en quelques mois. En 1998, lorsque le politologue Dominique Reynié lui avait envoyé une note pour déplorer qu'il n'y ait « aucun nom à consonance arabe dans la liste de la nouvelle promotion de l'ENA » et proposer une forme de discrimination positive au concours d'entrée à Sciences Po, Descoings avait renvoyé l'exposé barré d'une phrase déprimante : « Trop casse-gueule ! » Deux ans plus tard, il a fait volte-face.

Dans la voiture, les trois garçons n'en reviennent toujours pas de l'incroyable rapidité avec laquelle leur petite troupe s'est constituée. Brun au teint pâle, visage fin, Cyril Delhay est un peu le leader de la troupe. Il est un ancien élève de Richard et son protégé. Ce normalien agrégé d'histoire de vingt-huit ans a abandonné sa préparation à l'ENA pour faire du théâtre avant de se résoudre à enseigner. Après des débuts dans un lycée bourgeois du Ve arrondissement de Paris, il a été affecté au collège Jean-Vilar, à La Courneuve, mais il continue régulièrement à rencontrer le directeur de Sciences Po. Chaque fois qu'ils prennent un verre ensemble, le jeune professeur raconte ses aventures en banlieue. Dix fois, il a fait le test de demander à ses élèves s'ils avaient déjà entendu parler de Sciences Po. « Deux tiers de mes classes de troisième dans le Ve arrondissement connaissaient l'école. A La Courneuve, un seul élève a levé le doigt en avançant timidement : "Euh, c'est une école où l'on ne fait pas de maths ?" »

Un soir de mars 2000, ils se sont retrouvés dans un bar à vin de la place de la Madeleine. Cyril voulait proposer un cours d'art oratoire aux futurs décideurs de la rue Saint-Guillaume mais sa proposition a été absorbée en deux gorgées. Richard Descoings caresse une autre ambition. « Il faut que nous démocratisions l'accès à Sciences Po ! On pourrait créer une passerelle avec les lycées professionnels... En tout cas, je veux de l'action, sinon dans vingt ans, on y sera encore. » Une heure de discussion et une nuit blanche ont suffi pour que le jeune agrégé d'histoire bondisse sur l'occasion. Dès le lendemain, il a envoyé une note de trois pages, encore floue mais assez enthousiaste, pour que Richard lui confie le soin de former une petite équipe pour une mission exploratoire.

Madani Cheurfa a été le premier surpris qu'on fasse appel à lui. Issu d'une famille modeste, ancien élève d'un lycée de Creil, dans l'Oise, ce doctorant en sciences politiques de vingt-quatre ans, qui cache sa timidité derrière de petites lunettes rondes d'intellectuel, a toujours pris bien soin depuis le début de ses études de refuser toute assignation identitaire. Cela l'ennuie un peu que le directeur de Sciences Po le sollicite d'abord pour ses origines, lui qui fuit tous les sujets ayant trait à l'immigration pour ne pas être « le Beur de service ».

Le jeune homme sait pourtant l'énorme gâchis dont sont victimes les enfants nés dans les périphéries déshéritées. Il connaît ces moments où, à la fin de la troisième, on les oriente tranquillement vers des voies de garage. De son adolescence, il a gardé le souvenir de dizaines de garçons partis pour des BEP de chaudronnerie vite abandonnés faute de motivation. Il n'ignore pas que les conseillers d'orientation sont devenus les bêtes noires de la banlieue.

Lorsque Richard Descoings et Cyril Delhay lui ont exposé leur projet, il a pointé un élément auquel ils n'avaient pas songé. « Il faut prévoir des bourses conséquentes. Sinon, aucune famille n'acceptera de grever son budget en laissant partir sa fille ou son fils dans des études aussi longues… — Vous voyez bien que nous avons besoin de vous, qui connaissez la réalité des choses ! » a aussitôt triomphé Descoings. Et il s'est retrouvé enrôlé.

Cheveux longs, visage souriant, Vincent Tiberj est le dernier de la troupe. C'est lui le spécialiste des inégalités. En étudiant les dossiers de candidature au concours de Sciences Po, en 1998, le jeune chercheur a noté une effrayante chute des enfants issus des milieux modestes : parmi les candidats on compte seulement 1,5 % d'enfants d'ouvriers et ils ne sont plus que 0,5 % parmi les admis. Ce n'est pas seulement la nature des épreuves qui pénalise les enfants de familles modestes, c'est en amont que se joue l'écrémage : lorsqu'ils ont réussi à passer le barrage de l'entrée dans un lycée généraliste, leur ambition est déjà bridée et Sciences Po n'existe même pas sur leurs radars. Dans les terminales de banlieue, Tiberj a entendu des filles, pourtant excellentes élèves, demander : « Et, avec Sciences Po, on peut devenir assistante sociale ? »

« Allez voir dans les lycées ce que les enseignants en pensent », a ordonné le directeur. Et les garçons sont partis dans ces territoires oubliés de la République où jamais on n'avait vu un agrégé d'histoire et deux docteurs en sciences politiques s'intéresser à l'avenir des enfants.

Leur première visite a été pour le lycée Auguste-Blanqui, à Saint-Ouen, où le proviseur, Gérard Stassinet, les a accueillis avec enthousiasme. « Vous allez violer la vieille dame ! » riait-il, ravi à la perspective de voir ses élèves pénétrer une zone jusque-là interdite. Puis, il a organisé une première réunion avec une douzaine d'enseignants volontaires.

Sur l'estrade de la salle Descartes, au cœur de ce lycée ultra-moderne, les trois garçons paraissaient bien flous, bien jeunes, bien candides aussi avec leur enquête sur l'endogamie de Sciences Po, face à ces professeurs sidérés qu'ils paraissent découvrir la reproduction sociale chère au sociologue Pierre Bourdieu. « Un seul de nos élèves, excellent en mathématiques, est entré en prépa à Louis-le-Grand deux ans plus tôt, a expliqué Carole Diamant, professeur de philosophie, et nous vivons encore sur cette joie et cette fierté. Mais en lettres et en sciences humaines, le poids des origines sociales plombe tous nos espoirs. » Il a fallu briser les méfiances, mais les enseignants ont bien voulu tenter l'expérience.

Leur deuxième visite, au lycée Jean-Zay d'Aulnay-sous-Bois, s'est déroulée presque de la même façon. Avec le même intérêt et le même scepticisme. Le proviseur André-Samuel Hadjouel, à la tête de ce paquebot de mille cinq cents élèves, voulait savoir qui financerait l'opération. Il est si rare qu'on propose un projet porteur à ses élèves qu'il a fini par lancer : « Quand bien même ce serait McDo, je serais partant ! »

Trois proviseurs de lycée en Moselle se sont montrés plus pessimistes mais partants tout de même, un autre, à la tête du lycée Suger, dans le quartier du Franc-Moisin, en Seine-Saint-Denis, a failli renvoyer les jeunes gens en assurant qu'il ne croyait pas aux « mirages ». Un cinquième a décrété qu'il n'imaginait pas Sciences Po comme un débouché « naturel » pour ses élèves.

C'est avec ce premier viatique que le directeur de Sciences Po a décidé de rencontrer à son tour les proviseurs et les professeurs des lycées Auguste-Blanqui et Jean-Zay et d'organiser une commission de travail les mêlant aux chercheurs et aux représentants syndicaux de l'école.

Jamais ces enseignants n'avaient été considérés ainsi. Habituellement, le rectorat et le ministère s'adressent à un corps professoral abstrait, rarement à des individus éduqués et responsables. Elégant, d'une courtoisie exquise, attentif à chacun, Richard Descoings leur donne enfin le sentiment d'exister. Il les met en lumière, synthétise les idées, cherche la nouveauté et l'efficacité.

Selon sa méthode habituelle, le directeur de

Sciences Po a donné les axes du programme : il faut imaginer une épreuve de sélection spécifique afin de lever les écueils qui éliminent impitoyablement les enfants d'origine modeste. Des bourses au mérite seront attribuées sur des critères sociaux et financiers aux élèves admis. Des ateliers de préparation à la culture générale seront organisés en première et terminale.

Reste à élaborer le processus de sélection. Faut-il ou non un exercice de langue vivante, sachant que la plupart des élèves des lycées en ZEP n'ont jamais bénéficié de ces séjours en Angleterre qui sont le lot des éducations bourgeoises ? Faut-il prévoir une épreuve écrite pour ces jeunes gens souvent moins à l'aise dans l'exercice de la dissertation ?

Très vite, Valérie Asensi, professeur d'économie au lycée Jean-Zay, a soulevé les premières difficultés. Cette jeune femme brune, fille du député communiste de Seine-Saint-Denis François Asensi, a expliqué franchement les choses : « Une synthèse ou une dissertation fera fuir plus d'un élève. Il y a une forme de rapport à l'écrit et au savoir qui est socialement discriminante. Si vous voulez vraiment recruter des profils atypiques et à haut potentiel, il faut envisager une autre épreuve. »

Quelques jours plus tard, elle est revenue avec une proposition : « La direction de Sciences Po est-elle prête à accepter l'idée d'une revue de presse comme première épreuve de sélection ? Elle permettrait à la fois d'évaluer la capacité à lire les journaux, à s'ouvrir au monde, à organiser sa pensée. » Richard Descoings juge l'idée lumineuse. A condition toutefois qu'une copie de bac blanc soit jointe à tout dossier d'admission afin que les jurys puissent avoir une appréciation objective de la maîtrise de l'écrit de chaque candidat.

Il n'a fallu que quelques mois pour que le projet soit bouclé. Les syndicats étudiants jouent à front renversé. L'UNI, à droite, est encore hésitante. A gauche, l'Unef est plus que réservée. Richard a pourtant assuré : « J'en fais mon affaire. » En quelques coups de fil, le gouvernement socialiste a convaincu la direction du syndicat de gauche de taire ses préventions. Il faut maintenant préparer les esprits. Le directeur a réservé la primeur de ses annonces au *Monde*, le titre le plus lu à l'école.

Le 27 février, le quotidien titre en pleine page : « Sciences Po s'ouvre aux élèves défavorisés en les dispensant de concours. » La formule a créé une véritable onde de choc rue Saint-Guillaume. Même la petite cour qui se presse autour du directeur doute que le projet survive à la levée de boucliers des professeurs et des élèves. On moque le jeune Cyril Delhay : « Tu seras le chargé de mission le plus éphémère de Sciences Po ! » Richard Descoings a prévenu : « Si les étudiants ne veulent pas de cette réforme, on laissera tomber. » Il sait bien, pourtant, que la bataille ne fait que commencer.

La chaire massive et immémoriale qui trône habituellement dans l'amphi Boutmy a été démontée pour la circonstance. Richard Descoings a étudié en détail la disposition des lieux. Il veut rapprocher physiquement ces seize professeurs de banlieue, assis en arc de cercle sur l'estrade, ce 8 mars 2001, des quelque six cents étudiants venus les écouter. Jamais ils n'ont fait face à une telle marée, sombre, presque hostile. Est-il possible que ces jeunes gens si privilégiés refusent l'arrivée parmi eux de quelques élèves moins bien dotés par la vie ?

Même Richie a été accueilli froidement. Excité par l'odeur de l'arène, il a cependant enlevé sa veste, retroussé les manches de sa chemise, prêt à ce premier round qui doit consacrer ou couler son grand projet. Habilement, il a pensé que les professeurs de ZEP seraient les mieux à même de convaincre l'assemblée.

La partie n'est pas facile. La plupart des étudiants de Sciences Po s'insurgent contre le fait que des élèves puissent débarquer rue Saint-Guillaume sans subir la sélection qui leur a été imposée.

« Peut-être ignorez-vous que l'accès à la culture n'est pas le même pour tous », tente Gilbert Lang, proviseur du lycée de Fameck, à une trentaine de kilomètres de Metz. C'est un enfant de mineur, lui-même parvenu à grimper un à un les échelons de l'Education nationale jusqu'à diriger cet établissement mosellan, dans la vallée de la Fensch. Il est bientôt relayé par Gérard Stassinet du lycée Auguste-Blanqui, à Saint-Ouen. Lui a commencé comme surveillant d'internat. « Nos établissements vivent une absence totale de mixité sociale. Ce projet va d'abord permettre de lutter avec des armes solides contre l'évitement scolaire et la fuite des cerveaux. Nos jeunes sont très intelligents et très créatifs… certes nettement moins convenus ou politiquement corrects que d'autres… Mais à la différence de beaucoup, ils sont bridés. »

La salle est houleuse. Les élus de l'UNI ne veulent pas que l'on touche au concours unique, ce mythe de l'égalité républicaine. « Mais qui a passé le concours en première année ? » crie une étudiante. Quelques dizaines de mains seulement se lèvent. En réalité, sept procédures d'admission existent déjà et moins de 10 % des diplômés de Sciences Po sont entrés par ce fameux examen si symbolique.

Une jeune fille demande la parole, au fond de

la salle. C'est une Beurette, une élève boursière qui plus est. A Sciences Po, ces étudiants-là se comptent sur les doigts des deux mains. Madani Cheurfa, discrètement assis au premier rang, en sait quelque chose. Généralement, ces élèves évitent de se faire remarquer et dans l'amphi, ils s'assoient tout au fond. Même Najat Belkacem, fille d'ouvriers marocains, diplômée quelques mois plus tôt, n'a pas quitté sa prep'ENA pour venir assister au débat. La future ministre de l'Education nationale veut d'abord réussir son entrée dans l'élite. Mais Rahima, cette jeune fille qui a réclamé le micro, veut raconter. « Je suis la fille d'un gardien d'immeuble, dit-elle timidement. Vous n'imaginez pas combien il est difficile de combler ce gouffre culturel, lorsqu'on vient d'un milieu qui ne vous a pas amené, dès l'enfance, à lire les livres importants, à visiter les musées le week-end… Mais je ne crois pas être moins intelligente ou courageuse que la plupart d'entre vous… »

Juste devant elle, un garçon s'est levé. Une longue mèche, un tee-shirt blanc, un ton follement méprisant et une façon de décliner son prénom « Chaaarles » qui offrent un contraste saisissant avec la jeune fille. « Je comprends bien que certains ont des difficultés économiques, mais qu'on leur donne de l'argent ! » s'exclame-t-il en désignant d'un large geste les professeurs à la tribune. Richie a un imperceptible sourire. L'assemblée s'est secouée en une houle honteuse. Il est impossible qu'elle se rallie à ce cri pour empêcher des jeunes gens moins favorisés de la rejoindre. La victoire a changé de camp.

Plusieurs dizaines de « frères » se sont rassemblés, dans ce temple décoré de compas et d'équerres, pour écouter Richard Descoings plaider la cause de sa « révolution ». C'est une « tenue blanche », l'une de ces réunions où les francs-maçons reçoivent un invité qui n'en est pas, et Richard s'est promis d'emblée qu'elle ne serait que la première d'une longue série. Depuis qu'il s'est mis en tête de convaincre les élites d'ouvrir son école aux lycéens venus des ZEP, il n'a négligé aucun cercle, aucune coterie et il a reconnu dans cette assemblée plusieurs de ces hommes influents qui pourront lui être utiles.

A Sciences Po, nombre de professeurs sont maçons, le plus souvent dans les loges libérales, celles qui militent pour un humanisme laïque et les valeurs républicaines. C'est un ami de longue date, Emmanuel Goldstein, membre de la loge Aletheia, qui a convaincu Richard de venir exposer ses convictions. Ce petit homme brun est un modèle d'entregent. Un fidèle de Richard et de Guillaume Pepy. Il doit beaucoup, depuis longtemps, au directeur de Sciences Po. « Il m'a sauvé du flou », dit-il parfois. De fait, on le voit toujours dans le sillage de Richard depuis que celui-ci s'est intéressé, à la fin des années 1980, à ce garçon mince et paumé qui dirigeait avec maladresse le bureau des élèves de Sciences Po.

Goldstein avait succédé à Frédéric Martel, le jeune fils d'agriculteurs hôte des dîners d'Eyragues, à la tête de l'Association des étudiants gays de France. Il masquait mal sa dépression d'étudiant boursier isolé parmi les fils de famille. Un voyage en Thaïlande pour retrouver un copain de lycée devenu maquereau dans un bordel l'avait dévasté. A son retour, l'organisation à la Mutualité d'une grande fête étudiante, ratée mais payée à grands frais, l'avait laissé à la tête d'un bureau déficitaire. Richard lui a sauvé la mise en obtenant d'Alain Lancelot qu'il renfloue l'association. Goldstein était alors militant du Centre des démocrates sociaux, ce petit parti démocrate-chrétien curieusement choisi alors qu'il est lui-même juif et laïc.

C'est sur l'impulsion de Richard que le jeune homme a fait l'ENA qui lui a ouvert cet accomplissement social auquel il aspirait. Dès son arrivée à la tête de Sciences Po, c'est encore Richard qui lui a offert d'être maître de conférences, et bientôt d'intégrer le conseil de direction de l'école.

Fidèle des dîners de Richardetguillaume, Emmanuel connaît mille personnes importantes, bien au-delà des cercles politiques de droite qu'il fréquente, des tribunaux administratifs où il a atterri, à sa sortie de l'ENA, et de la banque Morgan Stanley où il vient d'entrer comme « managing director ». Maintenant qu'il est riche, il organise des fêtes où se retrouvent tous les homosexuels influents qui forment leur cercle commun. Richard n'a pas eu besoin de lui réclamer son aide. Goldstein est un admirateur et un allié indéfectible.

Ce n'est pas à négliger, tant les résistances sont grandes. Au sein des loges maçonniques, Richard Descoings pense avoir gagné plusieurs esprits à sa cause. Mais la plupart des élites du pays sont au mieux sceptiques, au pire franchement opposées à son projet de discrimination positive.

A gauche, l'ancien conseiller de François Mitterrand, Jacques Attali, assure ainsi que le programme voulu par Sciences Po « fait des élèves des ZEP des étrangers sur le sol français ». A droite, c'est Alain-Gérard Slama, pourtant professeur au sein de l'Institut d'études politiques et chroniqueur au *Figaro*, qui s'élève contre « la contestation de l'universalité des critères de sélection par le mérite pour cause de reproduction du modèle culturel dominant ».

Les réflexions sont parfois plus humiliantes encore. La présidente de la Société des agrégés, Geneviève

Zehringer, présente les élèves de ZEP comme des « boat people ». Sur France Culture, Alain Finkielkraut évoque « des barbares que l'empire aurait décidé de romaniser ».

A chaque dîner du Siècle, Richard est pris à partie par des hauts fonctionnaires, des ultra-diplômés, des membres des grands corps assurant qu'eux-mêmes ont gravi en leur temps l'échelle sociale. Dans les toilettes de Sciences Po, un graffiti résume en lettres rouges la peur de l'époque : « Sciences Po n'est ni Aubervilliers ni La Courneuve. »

Pour que la procédure entre en œuvre, il faut obtenir du gouvernement qu'il présente une loi au Parlement. A la tête de l'Education nationale, Jack Lang est monté au créneau sans faiblir. Richard avait gardé de lui un souvenir mitigé, mais il doit bien reconnaître qu'il ne mégote pas son soutien. Dès le 27 mars, le ministre affirme dans une interview au *Monde* : « C'est une initiative que nous assumons complètement. C'est plus qu'une bénédiction. C'est de ma part un engagement politique clair. Je ferai tout pour que ce projet suscite des retombées et des émules. » Sa collègue ministre Ségolène Royal assure de son côté : « Toutes les grandes écoles devraient imiter Sciences Po ! »

Pour que le projet obtienne une majorité, il faut aussi convaincre les élus chevènementistes, très réticents, et une bonne partie de la droite. Richard en a établi soigneusement la liste avec son nouveau responsable des relations avec les élus, Sébastien Linden, un ancien responsable de l'Unef à Sciences Po qui vient de participer à la campagne municipale victorieuse de Bertrand Delanoë avant de rejoindre son cabinet. Parmi les proches de l'ancien ministre de l'Education nationale Jean-Pierre Chevènement, seul le sénateur Paul Loridant, maire des Ulis, a fait part de son enthousiasme. A droite, Xavier Darcos, lui-même agrégé de lettres et très au fait des inégalités scolaires, affirme son soutien sans ambiguïté. Quelques figures du libéralisme l'ont rejoint, comme le maire de Vannes François Goulard ou l'essayiste Guy Sorman qui affirme dans *Le Figaro* : « Soit nous persistons dans la posture prétendument égalitariste et nous assisterons à une montée des communautarismes, soit nous partons d'un communautarisme qui naît à peine et nous reconstituons la citoyenneté par une démarche réaliste. » Le banquier Michel Pébereau est allé s'assurer à l'Elysée que Jacques Chirac n'émettrait publiquement aucune réserve, mais parmi les gaullistes le débat fait rage.

Richard Descoings a sollicité un rendez-vous avec Nicolas Sarkozy qui vient de publier un livre de réflexion, *Libre*, censé lui tenir lieu de futur programme politique. L'ancien ministre d'Edouard Balladur le reçoit dans sa mairie de Neuilly avec beaucoup d'égards, mais un peu de méfiance. Sarkozy n'a pas gardé que des bons souvenirs de ses études à Sciences Po, dont il est ressorti sans avoir décroché le diplôme. A l'époque où Richard bachotait le concours de l'ENA, l'élève Sarkozy arpentait le hall de la rue Saint-Guillaume comme s'il s'agissait de la tribune d'un meeting. Il se souvient encore fort bien qu'au sein de la petite élite des « Sciences Poseurs », comme on disait dans les facs, les garçons entrés comme lui par le concours ouvert aux titulaires d'une licence, étaient regardés avec mépris. Il était pourtant le seul élève à pouvoir se targuer d'avoir été élu, à 22 ans, conseiller municipal de Neuilly. Descoings, à ses yeux, n'est que le représentant de ces armées arrogantes. Mais Nicolas Sarkozy cherche des idées nouvelles. Six ans auparavant, son mentor a perdu la présidentielle, accusé comme lui d'incarner la « pensée unique », cette doxa libérale et européenne qui est le creuset de Sciences Po. Cela l'intéresse, cependant, de faire « turbuler » le système. « Je ne suis pas certain de comprendre exactement comment vous allez faire, mais cela me plaît. » On pourra compter sur son soutien.

L'ancien conseiller d'Etat Olivier Schrameck a conseillé d'insérer un petit article « sur mesure » dans le projet de loi portant « sur diverses dispositions d'ordre social » qui doit être soumis à l'Assemblée nationale et au Sénat en mai. Il faut pourtant deux lectures parlementaires et encore un débat au Conseil constitutionnel, qui s'est autosaisi tant la réforme lui paraît importante, pour que la loi soit promulguée le 17 juillet 2001.

Le 11 septembre, la sélection des trente-cinq premiers candidats commence. René Rémond préside lui-même le jury parmi lequel figurent aussi des grands patrons, Jean-Paul Fitoussi, et même le chroniqueur du *Monde* Pierre Georges, qui pourront ainsi témoigner de l'expérience. Le temps est orageux et les candidats qui patientent dans le couloir sont terrifiés.

Dans le hall, Carole Diamant, la professeur de philo du lycée Auguste-Blanqui, a accompagné son poulain, Akim. La mère du jeune homme fait aussi les cent pas. Elle a pris soin d'enlever le foulard qu'elle porte traditionnellement, mais c'est justement sur ce signe religieux que son fils, là-haut, est interrogé. « Est-ce républicain ? Est-ce acceptable dans un espace public ? » Akim ne se laisse pas démonter. « Au fond, cela dépend des pays, de leur rapport avec la religion, la laïcité et de leur contexte politique. En Turquie, le foulard est interdit à l'université, au Royaume-Uni libéralement toléré, en France il est strictement prohibé à l'école… » Bien joué.

Une jeune élève de Moselle a composé un poème à la fin de sa revue de presse sur l'Irlande. Un garçon de dix-huit ans raconte son expérience d'arbitre de football. Ses notes sont un peu faibles – 12 de moyenne en terminale – mais il travaillait à temps partiel dans une viennoiserie, seize heures par semaine. Cela ne vaut-il pas d'être reconnu ?

En milieu d'après-midi, le téléphone de Pierre Georges ne cesse de sonner. Deux avions viennent de percuter les deux tours jumelles du World Trade Center de New York. Après consultation des membres du jury, le grand oral de la première promotion des élèves issus de ZEP est maintenu. Richard Descoings vient d'entrer dans le petit cercle recherché par les médias de ceux qui font bouger la société.

Une femme est entrée dans cet univers de garçons. Grande, blonde, la voix grave et une énergie folle, on ne saurait la manquer au milieu des jeunes chargés de mission qui virevoltent et triment autour de Richard. Même son parcours la distingue. Nadia Marik est une ancienne de la pub, mais elle a fait l'ENA, par la voie réservée aux salariés du secteur privé. Elle a pris soin de raconter à tous qu'au grand oral du concours d'entrée, Richard Descoings figurait dans son jury et que lorsqu'il lui avait demandé « Qu'est-ce que la loi ? », elle avait répondu : « La loi, c'est moi ! »

Lorsqu'elle arrive, le matin, en jupe de cuir et talons hauts, elle fait toujours sensation. C'est une beauté particulière, avec une allure de grande cavale, un regard gris et des lèvres sensuelles qu'éclipse au premier coup d'œil un nez d'aigle qui donne au visage tout son caractère. C'est aussi une personnalité flamboyante, solide, avec des coups d'éclat. Elle peut rire avec démonstration ou sombrer dans des colères noires, mettant ensuite ses excès sur le compte d'origines tchèques comme si l'Europe centrale ignorait les sangs tièdes.

Le récit de ses débuts à RSCG a fait surgir, parmi les Sciences Po, les grands noms de la publicité et de la politique. Jeune rédactrice, Nadia a partagé quelques mois, rue Bonaparte, un petit bureau avec Jacques Pilhan, le conseiller en communication de François Mitterrand. Lorsqu'elle raconte ses conversations avec le « sorcier de l'Elysée », c'est le grand magma de l'opinion publique qui paraît bouillonner. Elle semble connaître le pouvoir par ses coulisses.

Pour asseoir plus encore son originalité, la jeune femme n'a pas caché ses convictions de droite. Son père, qui a gardé une pointe d'accent tchèque, a fui devant les chars soviétiques et a élevé ses enfants dans un anticommunisme virulent. Nadia a beau avoir débuté avec le gourou de Mitterrand, elle milite dans les cercles du RPR où elle se targue de préparer déjà la réélection de Jacques Chirac aux côtés d'Alain Juppé. Nadia ne fait rien comme tout le monde. C'est une femme passionnée jusque dans sa vie privée. A quarante ans, elle a déjà été mariée à Georges Ghosn, le frère du PDG de Renault Carlos Ghosn, avec lequel elle a eu un fils, Antoine. A divorcé avant de se remarier avec Thierry Granier-Deferre, un publicitaire comme elle, dont elle a eu deux autres enfants, Gala et Etienne, et dont elle a pris le nom, associé aux légendes du cinéma. Enfin, elle a tout plaqué, la pub, les campagnes pour Kookaï et Monoprix, et l'agence de communication TBWA dont elle était devenue directrice générale, pour l'ENA (promotion Marc Bloch) et les tribunaux administratifs. Richard Descoings pouvait difficilement la manquer.

C'est l'ami Emmanuel Goldstein qui a organisé ce dîner où le directeur a retrouvé sa blonde et insolente candidate d'autrefois. Au tribunal administratif, Goldstein avait remarqué Nadia, avec ses jupes, ses vestes de cuir et cette énergie exceptionnelle qui aimante même les plus réticents. Il a glissé devant son ami qu'elle pourrait diriger la section service public dont le patron, le jeune Frédéric Mion, vient de partir à l'orée de l'année 2000.

Recruter une femme issue du secteur privé, entrée à l'ENA par la troisième voie pour la mettre à la tête du bastion le plus traditionnel de la rue Saint-Guillaume, est une transgression qui enchante le directeur. Sciences Po a longtemps été l'antichambre de l'ENA. Il veut désormais supplanter l'école du pouvoir et réduire au silence sa nouvelle directrice, Marie-Françoise Bechtel, une conseillère d'Etat venue des rangs chevènementistes qui conteste ses réformes. « L'ENA ? C'est le monde d'hier, cingle-t-il. Rien de nouveau depuis 1945 ! » Nadia sera son bras armé. Elle est embauchée.

De fait, « Madame Marik » – qui s'appelle encore Granier-Deferre – s'est vite inscrite dans la ligne de Richard Descoings. Lors de la bataille pour faire venir des étudiants issus de lycées en ZEP, elle a monté en quelques jours un dossier juridique solide pour contrer les recours de l'UNI devant les tribunaux administratifs.

Chaque fois qu'elle le peut, cette droitière introduit le directeur auprès des élus du RPR dont elle connaît les préventions et les ressorts. Protégée de Philippe Massoni, conseiller chiraquien, corse et franc-maçon, elle plaide devant lui pour les réformes de Sciences Po. Elle a aussi présenté Richard à Jérôme Monod, l'ancien PDG de la Lyonnaise des Eaux qui vient de rejoindre l'Elysée. Au RPR, on l'a nommée secrétaire nationale chargée de l'enseignement supérieur. C'est là qu'elle prépare, aux côtés de Valérie Pécresse et Jean-François Copé, la campagne pour la réélection de Jacques Chirac. A quelques mois de l'élection présidentielle, cette introduction dans les réseaux de la droite n'est pas inutile.

Insensiblement, Nadia a gagné une place particulière dans cet univers majoritairement masculin. Richard, qui a le tutoiement facile, la vouvoie avec déférence. Ses collaborateurs connaissent ces sautes d'humeur et cette ironie mordante qui transforment le jeune prince en monarque absolu et dangereux. Mais avec cette femme si pétillante, il est toujours attentif et charmant. S'enquiert de ses enfants et de ses difficultés maintenant qu'elle a fait le choix de divorcer de son deuxième mari. Le soir, lorsque leurs réunions se terminent tard, il n'est pas rare qu'il la raccompagne jusque chez elle.

La vie avec Guillaume Pepy a pris une autre tournure. Les jeunes chargés de mission, les secrétaires entendent parfois à travers la cloison des bureaux leurs violentes disputes. Jouant avec les cœurs, Richie est sans cesse happé par d'autres conquêtes, par des orgies d'alcool. A la SNCF, Guillaume s'assomme de travail, enchaîne des longueurs de piscine le matin avant de plonger dans les réunions de travail et les négociations avec les cheminots. Personne ne se doute de l'enfer qu'il vit. « Quand je m'endors, j'entends les trains », dit-il en souriant à ses collaborateurs.

Même les compagnons des premières années ont fini par s'éloigner. Christophe Chantepy a pris peu à peu ses distances. « Che-Che » en avait assez des dîners annulés et du vague mépris qu'il sentait parfois chez son ami. Olivier Challan Belval s'est fâché tout de go. Il avait pensé donner un coup de pouce déterminant à Richard en plaidant sa nomination à Sciences Po auprès de Philippe Séguin. Il a mal supporté que ce dernier ne lui ait jamais dit merci et, devant son arrogante indifférence, a claqué la porte sur leur amitié passée.

Richard a une manière de marcher au bord de l'abîme, comme s'il voulait toujours en frôler les limites, qui épuise son entourage. C'est un homme qui aime entraîner les autres dans les incendies qu'il provoque. Il fume trop, boit plus que de raison et replonge parfois dans ses anciens démons, cocaïne et ecstasy, qui lui donnent l'illusion de pouvoir vaincre le sommeil et l'adversité.

Une journaliste l'a croisé rue du Faubourg-Saint-Antoine au petit matin, pieds nus, la chemise déchirée, clamant : « Je sors de boîte de nuit ! » Son amie Christine Lagarde, après un week-end à Port-Cros chez des amis communs, où elle l'a vu ivre à tomber par terre, a confié à un proche : « Il faut que nous lui disions d'arrêter, sinon il ne durera pas très longtemps. »

Même le directeur adjoint Guillaume Piketty s'inquiète lorsqu'il le trouve fébrile, le matin, le front moite et les mains tremblantes au-dessus de sa dixième tasse de café. Piketty convoque parfois un délégué syndical trop revendicatif pour le prier de ménager celui qu'il appelle « le Grand ». « Fais attention, il est fragile, tu sais. Et c'est la seule chance que nous ayons de faire changer cette maison… »

Mais « le Grand » se moque de ces précautions. C'est un séducteur qui jouit de faire souffrir ceux qui l'aiment. Il provoque, cherche à subvertir, à « déniaiser » les garçons qui l'entourent. Les jeunes chargés de mission du directeur ont hérité d'un surnom glaçant : « les gitons ».

S'il n'était pas si inventif, s'il n'avait une intelligence si vive, un charme si évident, personne ne le suivrait. « Pour être innovant, il faut être déviant ! » clame-t-il. Mais sa lumière brûle et consume les cœurs autour de lui. Le professeur Jean Leca, spécialiste de philosophie politique, a décrété tout haut : « C'est un satrape, il terminera mal ! » Mais Nadia comme les autres a été happée par son charme vénéneux.

Après le grand voyage à Londres, Richard veut rééditer son exploit et emmener la nouvelle promotion à Berlin. Encore une fois, Guillaume Pepy a prêté main-forte et un vieux train a conduit les étudiants jusqu'à la capitale allemande où le chancelier Gerhard Schröder et son ministre des Affaires étrangères Joschka Fischer doivent les recevoir.

Le directeur de Sciences Po est dans un état inquiétant, pourtant. Il a des sautes d'humeur terrifiantes. Des moments d'exaltation qui se terminent en sanglots. Autour de lui, on s'alarme de le voir travailler jusqu'à l'épuisement, s'enivrer dans la foulée et reparaître la mine ravagée le lendemain. Jusqu'à la dernière minute, Nadia Marik a tenté de le convaincre de ne pas faire le voyage et, en désespoir de cause, a demandé à Emmanuel Goldstein de l'escorter.

Après la réception à la chancellerie, toute la troupe a prévu de se retrouver en boîte, à la Kalkscheune, une ancienne usine classée derrière le

Friedrichstadt-Palast. Dès qu'il est arrivé dans ce haut lieu des soirées berlinoises, avec ses trois pistes de danse et sa « love lounge », Richard s'est mis à boire. Il semble flotter dans un état second, le regard fixe, un sourire constant sur les lèvres. Autour de lui, des étudiants dansent follement, excités de voir leur directeur au milieu d'eux, soucieux de le séduire et de lui plaire.

Sur la piste, Richie tangue. Il a commencé par déboutonner sa chemise, puis à la faire tourner au-dessus de sa tête, torse nu comme aux temps où il dansait debout sur les enceintes du Boy's, lors des folles nuits avec Diane de Beauvau. Autour de lui, quatre ou cinq étudiants prennent des photos, ravis.

Un appariteur est venu prévenir le directeur de la communication, Xavier Brunschvicg. Depuis que Richard l'a fait venir dans son cabinet, l'ancien syndicaliste n'a pas son pareil pour gérer les provocations de son patron. « Je vous ai vu descendre un jour l'escalier avec un bomber, un pantalon de treillis, des rangers et une batte de base-ball, a coutume de dire tout haut Descoings pour le faire rougir, et c'est pour ça que je vous ai embauché ! »

Le directeur qui continue son effeuillage, les appareils photo, les étudiants surexcités… le jeune homme a vu le danger. Pour donner le change, il fonce sur la piste de danse, enlève lui aussi sa chemise comme s'il s'agissait d'un jeu, puis d'un geste, fait signe aux appariteurs de l'aider à l'exfiltrer. Emmanuel Goldstein est déjà là, attendant sur le trottoir près d'une voiture. Le banquier de Morgan Stanley a pioché dans son carnet d'adresses le numéro de téléphone d'un de ses amis, diplomate de l'ambassade de France, qui a proposé son appartement.

Là, sur le canapé du salon, il tente de calmer Richard. Devant ses amis épouvantés, l'homme habituellement si flamboyant pleure comme un enfant.

Dans le vaste parc, au milieu d'arbres centenaires, la clinique du Château est un havre de paix, sur les coteaux verdoyants de Garches, à une dizaine de kilomètres du cœur de Paris. Une allée bordée de platanes mène jusqu'au manoir principal. De la terrasse, on distingue un billard. Des tables de jardin attendent les visiteurs et, dans un bosquet de verdure, une ravissante « folie » en brique avec ses deux tours semble avoir été posée là pour les amoureux.

On pourrait presque se croire dans un grand hôtel, si l'on ne croisait ici et là quelques blouses blanches et si, dans le hall, des gravures ne rappelaient que la propriété a appartenu à la famille d'Antoine de Saint-Exupéry avant que Marie Bonaparte, disciple de Sigmund Freud et psychanalyste elle-même, ne la transforme en maison de santé.

A l'entrée, un petit panneau indique que la clinique est consacrée depuis 1930 au traitement des « dépressions, addictions et troubles bipolaires ». Les initiés savent surtout que l'établissement privé s'est fait une spécialité d'accueillir discrètement nombre de personnalités, patrons épuisés, grands couturiers mélancoliques et actrices désespérées.

C'est là que le directeur de Sciences Po est hospitalisé. Aujourd'hui encore, il est difficile de savoir ce qui s'est exactement passé, en cette fin du mois de janvier 2002. Guillaume Piketty se souvient d'avoir vu débouler Richard, un soir dans son bureau, élégamment habillé comme pour un dîner. Le directeur des études venait de rentrer après quinze jours d'absence. Il revoit « le Grand », un pardessus déjà jeté sur les épaules, lui lancer : « Vous êtes là, enfin ! Il y a donc quelqu'un pour tenir la maison. » Il se rappelle n'avoir compris le sens de cet élan d'affection que le lendemain, lorsque sa secrétaire Annick Lutigneaux lui a soufflé : « Il a tenté de se suicider. » Pour le reste, les uns affirment qu'on l'a retrouvé évanoui dans son bureau, les autres qu'il a pris de l'alcool et des barbituriques. Une chose est certaine : Richie a voulu mourir.

Depuis l'incident berlinois, il paraît plongé dans des angoisses existentielles dont l'écho commence à parvenir à l'extérieur. L'ambassadeur de France en Allemagne a prévenu discrètement le Quai d'Orsay. Malgré la vigilance des chargés de mission, qui ont récupéré auprès des étudiants les photos prises dans la boîte de nuit, *L'Express* a publié un petit cliché du directeur torse nu.

Xavier Brunschvicg n'en finit pas de désamorcer les questions des journalistes en quête d'un portrait sur ce patron d'école iconoclaste. « Il faisait chaud, répète-t-il aux curieux. On avait un peu bu. Il a dansé torse nu. Ce n'est quand même pas l'enfer ! » Même le professeur d'économie Jean-Paul Fitoussi est obligé de s'insurger devant les interrogations de la presse : « Et alors ? Dans toutes les écoles et les facs, il y a des fêtes réunissant profs et élèves. Beaucoup d'hommes publics ont deux visages et deux vies… »

Le climat à l'intérieur de l'école s'est détérioré, pourtant. Ce ne sont pas tant les frasques du directeur qui suscitent la grogne, mais ses réformes continuelles et la charge de travail accrue. Le 10 janvier, jour de la Saint-Guillaume où le directeur prononce traditionnellement un discours en l'honneur de l'école, plusieurs membres du personnel ont ostensiblement boudé. Si l'on apprend maintenant sa dépression, la contestation risque d'enfler dangereusement.

René Rémond et Alain Lancelot, revenu pour la circonstance, ont vite trouvé la parade. Ils représenteront Sciences Po à l'extérieur. Les déjeuners du comité exécutif seront suspendus quelques semaines. Guillaume Piketty dispose d'une délégation de signature, avec cela on pourra expédier les affaires courantes. Mais on ne manœuvre pas si facilement un navire embarqué dans une grande traversée lorsque le capitaine est malade. Tout paraît suspendu.

Pour calmer les esprits, la petite troupe des chargés de mission a offert une version plausible à l'absence de Richard : « Il a un problème de reins qui a nécessité une opération. » Derrière la fumée de ses Gauloises, Annick Lutigneaux barre la route du secrétariat. On peut s'échanger mille rumeurs, dans le secret des bureaux, rares sont ceux qui imaginent la vérité : comment croire que Richie ait pu vouloir mourir ?

Ils ne sont qu'une demi-douzaine à prendre régulièrement le chemin jusqu'à la clinique du Château. Guillaume Piketty et Laurent Bigorgne, Xavier Brunschvicg et Sébastien Linden et, bien sûr, Nadia. Les premiers jours, ils ont été frappés de voir Richard si maigre et les joues creuses. Derrière son regard, habituellement si vif, on dirait qu'il se bat contre des serviteurs obscurs.

Ses fidèles s'acharnent à donner le change. On lui apporte des livres et quelques dossiers. On masque l'effroi suscité par son extrême faiblesse. Ses amis liés par le secret ont pris l'habitude de signer leurs mails d'un énigmatique « CARD », « le cercle des amis de Richard Descoings ».

Nadia, surtout, semble résolue à le ramener à la vie. Plus tard, ses rivaux diront méchamment qu'elle a « fait une ultime percée en se transformant en infirmière ». Mais le fait est qu'elle est la plus déterminée à lutter contre ces chagrins atroces qui le tirent vers le néant. Sans doute l'admiration qu'elle lui voue est-elle un remède puissant. « Il ne peut pas renoncer alors qu'il a tant de grandes choses à accomplir », dit-elle.

Dans cette chambre d'hôpital, où les infirmières ne pénètrent qu'en parlant doucement, la jeune femme introduit un peu de son énergie vitale. Elle a deux garçons et une fille. Depuis toujours, Richard souffre de ne pas être père. Un jour, lors d'une discussion sur l'éducation des enfants, un collaborateur qui avait lâché un peu vivement « Mais vous n'y connaissez rien, vous n'en avez pas ! » a vu son visage devenir livide. Le type a été écarté en trois mois. Même le directeur scientifique Jean-Luc Domenach, qui faisait référence à ses filles, l'une énarque, l'autre normalienne, l'a entendu un jour exploser : « Arrêtez avec vos filles ! Il y a des gens qui ne peuvent pas avoir d'enfants ! » Nadia, c'est une famille, une nouvelle chance de rompre avec cette mise en péril. Il voulait approcher la mort et voilà qu'une femme lui a offert son épaule.

Le convalescent revient au début du printemps. Creusé, chancelant, d'une maigreur impressionnante. Lors des conseils de direction, les élus des syndicats étudiants osent à peine regarder ce visage pâle, ce crâne rasé et cette grande silhouette recroquevillée, ressemblant si peu à celle de « Richie ».

Le charmeur flamboyant semble avoir perdu tout son allant. Lors de leur premier tête-à-tête, le patron de l'école doctorale Marc Lazar a remarqué une petite mousse blanche autour de sa bouche. Ce spécialiste de la vie politique italienne a déjà vu ces traces sur le visage des prévenus des grands procès « Mani Pulite », lorsque les hommes arrêtés par le juge Di Pietro venaient témoigner, assommés par les calmants. Il sait à quoi s'en tenir. « Marc, vous n'ignorez pas que j'ai été malade, pensez-vous qu'il faille que j'arrête de diriger Sciences Po ? demande doucement Richard. — Non, je ne pense pas. Vous êtes fatigué, mais vous allez vous remettre et on va vous aider. »

On l'aide, en effet. Annick annule les rendez-vous lorsqu'elle le sent trop fatigué. Il passe de longs week-ends à s'occuper des roses du jardin de Saulnières. Parfois, lorsqu'un collaborateur fait mine de s'inquiéter, il rit, bravache : « J'ai frôlé la mort, mais je suis comme le phénix, je renais de mes cendres ! »

Ses proches collaborateurs ont vite compris l'importance nouvelle de Nadia Marik dans sa vie privée mais aussi professionnelle. Quelques mois après son retour, Richard l'a nommée directrice adjointe de l'école, au même rang que Guillaume Piketty et Francis Vérillaud, son conseiller à l'international. Rares sont ceux qui ont osé faire remarquer qu'il était peut-être délicat de propulser ainsi à un poste de numéro deux la femme avec laquelle il partage désormais sa vie. Mais le patron a déjà repris son autorité coutumière : « Je fais ce que je veux ! »

En moins de six mois, l'homme a retrouvé son assurance. Ses cheveux ont repoussé, il porte à nouveau la barbe. Il a repris une psychanalyse, aussi, dont Nadia lui rappelle consciencieusement les deux séances par semaine. Il fourmille de projets pour Sciences Po et, pour la première fois, il veut les conduire avec celle qui lui a montré comment vivre à nouveau.

Guillaume Piketty a compris qu'il n'aurait plus sa place dans son dispositif. Le jeune homme s'entend mal avec cette compagne qui veut tout régenter. « Avec elle, il me faudra toujours porter une fine cotte de mailles, comme dans la République des Doges, pour éviter d'être poinçonné », explique-t-il. Il a annoncé sa démission au printemps 2003. Son mentor n'a pas cherché à le retenir. « Comment ferai-je sans vous ? s'est-il contenté de demander. — Vous verrez, mon départ sera comme une pierre qui tombe dans l'eau. Les rides à la surface s'effacent en quelques instants… »

Piketty n'a pas tort. Descoings veut du changement. Il a d'ailleurs trouvé un nouveau directeur des études en rappelant Laurent Bigorgne de Nancy. Ce jeune agrégé d'histoire ne cache pas son « immense admiration » pour Richie. Derrière les petites lunettes fines se cache un esprit clair doté d'une grande capacité de travail et d'une ambition pour Sciences Po. Sous son égide, l'école a déjà lancé avec succès trois antennes en province, dans sa ville natale de Nancy, mais aussi à Dijon et à Poitiers. Ce grand garçon mince et pâle a compris que pour conserver la confiance du directeur, il faudrait développer un sens diplomatique sans égal à l'égard de la femme qu'il s'est choisie.

A la surprise générale, Richard a annoncé à ses salariés, à l'occasion de son traditionnel discours de vœux pour la nouvelle année 2004 : « Vous le savez peut-être, j'ai rencontré l'amour dans cette maison. Nous avons beaucoup réfléchi, Nadia Marik et moi, au fait de travailler ensemble, mais combien de personnes travaillent en couple dans les entreprises ! Nous souderons mieux encore nos forces vers un objectif commun. »

La nouvelle a fait sensation. Un représentant syndical s'est étonné tout haut : « C'est tout de même un peu curieux de risquer un potentiel conflit d'intérêts dans une école de la République... » Mais les jeunes chargés de mission l'ont regardé comme s'il blasphémait. Tous les autres ont applaudi.

Le 28 mai 2004, l'air est printanier et des curieux se sont arrêtés sur la place Saint-Sulpice pour regarder une noce élégante et joyeuse. Cent cinquante invités se pressent pour rejoindre le premier étage de la mairie du VIe arrondissement où Jean-Pierre Lecoq, en grande écharpe tricolore, doit célébrer l'événement le plus mondain du moment : le mariage de Nadia Marik et de Richard Descoings.

René Rémond se tient au premier rang, à la tête d'une armée de professeurs et de collaborateurs de Sciences Po. Ce grand intellectuel catholique affiche un sourire bienveillant. Il n'a caché à aucun de ses proches son soulagement de voir Richard « se ranger », comme il dit sobrement. Derrière lui, les amis du Conseil d'Etat, quelques anciens des cabinets ministériels, les journalistes Etienne Mougeotte, Michèle Cotta, Bernard et Camille Volker ont été plus franchement étonnés de voir Richard amoureux d'une femme. Un mariage, lui !

Quelques amis des soirées d'autrefois, ceux qui

riaient dans les dîners de la rue Godot-de-Mauroy et se précipitent chaque année aux fêtes d'Emmanuel Goldstein, ont refusé de venir. Dans le petit milieu des gays plus militants, le mariage avec une femme passe facilement pour une « abdication ». L'un d'eux a accusé Richard de « trahison, lui qui assumait pourtant jusque-là d'être un modèle ! ».

Les amis de Nadia n'ont pas été moins saisis de la voir choisir un homme dont ils savent les penchants. A tous, pourtant, elle a apporté la même justification : il n'avait pas rencontré la femme qui lui correspondait jusque-là ! Ils n'ont pas eu le cœur d'exprimer leurs doutes face à cette femme amoureuse.

La grande surprise réside pourtant dans le choix des témoins du mariage. Aux côtés de Nadia se tiennent Emmanuel Goldstein et Emmanuelle Wargon, une ancienne condisciple de l'ENA, fille de Lionel Stoléru. Mais Richard a choisi pour témoin Guillaume Pepy et les invités regardent furtivement ce trio, ancien compagnon et nouveaux époux, célébrer côte à côte ce mariage inattendu. Guillaume ne laisse rien paraître. Ce grand garçon si fin sourit même courageusement sous les regards qui le scrutent.

Après la célébration, la noce s'est congratulée sur le parvis, devant l'église Saint-Sulpice, avant de rejoindre un restaurant de la rue de Vaugirard, privatisé pour la circonstance. Tous les témoins de ce jour-là le jurent : ils ont trouvé Richard et Nadia radieux.

Ce n'est que quelques semaines plus tard que le directeur a réuni sa petite équipe pour lui demander formellement si elle jugeait impossible que Nadia continue à travailler à Sciences Po. Autour de lui, tous se sont immédiatement récriés : bien sûr que non ! Ils ont remarqué qu'il portait désormais deux alliances : l'une en argent à la main gauche, l'autre en or à la main droite. A un ami gay qui s'en étonnait, Richard a rétorqué en riant : « Je suis homosexuel pour ceux qui savent et hétérosexuel pour ceux qui n'ont pas besoin de savoir ! »

Le bureau de Richard Descoings est envahi de dossiers. Des piles de livres, par terre, s'entassent contre les murs. Sa table de travail croule sous les paperasses. Il vit dans un désordre permanent qui signale la multiplicité de ses projets autant que son mépris pour l'intendance. « Je fais partie de ceux qui pensent qu'il faut d'abord définir des objectifs... puis trouver les moyens qui vont avec », claironne-t-il.

L'école a changé de dimension. Les budgets ont explosé. Les premières années, on s'est bien un peu inquiété de l'accroissement accéléré des besoins de financement. Le vice-président du Conseil d'Etat Renaud Denoix de Saint Marc, qui siège au conseil d'administration, a téléphoné un jour à l'historien Yves Zoberman, élu syndical et directeur adjoint de la bibliothèque, dont il avait entendu les mises en garde répétées. « J'aimerais que l'on se voie pour parler de Sciences Po et de Richard Descoings. » Une heure durant, il s'est enquis des méthodes du directeur, soucieux qu'un ancien du Conseil d'Etat puisse être attaqué sur d'éventuelles dérives financières.

Il a aussi sondé son interlocuteur sur « le reste » : « Si je vous demandais de résumer Richard en une formule ? » Zoberman a rétorqué : « C'est un homme qui aime tellement la différence qu'il ne supporte que la sienne ! » La conversation n'a pas eu de suite. Au sein des grands corps de l'Etat, la transformation spectaculaire de cette école dont presque tous sont issus passe pour une réussite évidente.

Fin politique, Descoings a d'ailleurs pris grand soin d'associer toutes les institutions publiques à sa gestion. « Le Conseil d'Etat est représenté au conseil d'administration, comme la Cour des comptes ; le parrain de l'Inspection des Finances, Michel Pébereau, préside le conseil de direction et tous ont des heures d'enseignement ! » énonce-t-il avec une fierté cynique.

Il n'a pas tort. Les conseils d'administration de Sciences Po ressemblent à ces dîners du Siècle où l'on répond avec une courtoisie évasive aux questions les plus embarrassantes. La plupart du temps, René Rémond n'a aucune idée précise des dossiers importants et se contente du brillant exposé de Descoings. Même Pébereau, si prompt à donner des leçons de bonne gouvernance, ne trouve rien à redire à l'étonnant fonctionnement de cette assemblée.

Autour de la table se retrouvent une quarantaine

de personnes qui se contentent d'opiner aux projets du directeur. Près de la moitié d'entre elles sont des « personnalités qualifiées », soigneusement choisies. La représentation des personnels y est beaucoup plus réduite que dans les conseils d'administration des universités et celle des étudiants n'est pas prévue, sauf pour les séances consacrées au budget ou aux droits de scolarité. Ni le ministère de l'Enseignement supérieur et de la Recherche, ni le ministère chargé du budget n'y ont de représentants, alors que l'Etat est le bailleur de fonds majoritaire de la Fondation nationale des sciences politiques.

En 2003, celle-ci a bien été inspectée par la Cour des comptes. Mais son rapport n'a émis que des critiques à fleurets mouchetés. Le président de la troisième chambre en charge de l'enseignement supérieur et de la recherche, Jean Picq, donne un cours d'« Histoire et droit des Etats » à Sciences Po, et la procureure générale près la Cour des comptes, Hélène Gisserot, siège au sein du conseil d'administration.

L'école déroge légalement à toutes les règles qui contraignent les universités. Son statut est d'une complication voulue, mêlant les avantages du droit privé et du financement public. Les salariés de la Fondation sont ainsi des contractuels de droit privé, soumis au code du travail et à des accords d'entreprise. Cette particularité permet de recruter librement personnels administratifs et enseignants-chercheurs, et de compléter la rémunération des enseignants sous statut public, affectés à l'école et rémunérés directement par l'Etat, par des contrats de droit privé.

Sciences Po choisit soigneusement ses recrues et peut imposer des droits d'inscription modulables en fonction du revenu des parents des étudiants. Désormais, les droits varient de 0 à 10 000 euros pour l'année d'études en collège universitaire, 13 500 euros pour un master, représentant 20 % des ressources de l'école. Et voilà comme le directeur de Sciences Po est libre d'innover…

Il faut plus d'argent, pourtant. Pour faire face à l'augmentation des étudiants et attirer des professeurs de renommée internationale, Richard Descoings a imaginé une série d'acquisitions immobilières. Son « Harvard à la française » doit d'abord être un campus urbain au cœur de Saint-Germain-des-Prés. « On invite Ezra Suleiman, professeur à Princeton, ou Joseph Stiglitz, prix Nobel d'économie, à donner des cours magistraux pour 4 000 euros par mois, ils rigolent, argumente-t-il. On compense : l'honneur d'enseigner à Sciences Po, un logement à Saint-Germain-des-Prés. Pour quelques mois, ça passe. Mais ce système est à bout de souffle. » En 2004, profitant du déménagement de l'ENA à Strasbourg, il a entrepris de racheter à l'Etat l'immeuble qui l'abritait, 13 rue de l'Université. Sept mille cinq cents mètres carrés, deux amphithéâtres et vingt salles de cours nichés dans un hôtel particulier.

Au ministère de l'Education nationale, François Fillon s'inquiétait de l'endettement nécessaire ? Nadia Marik a accompagné son mari à l'Elysée et à Bercy négocier l'achat du lieu convoité avec le ministre du Budget Jean-François Copé, « mon ami », dit-elle. Curieusement, dans cette école de la République, le directeur s'affranchit facilement du code des marchés publics ; signe des contrats sans avoir eu recours au moindre appel d'offre ; contracte des emprunts sans en informer son conseil de direction.

Revenu au conseil d'administration de la Fondation, Alain Lancelot est parfois effrayé de voir le couple franchir à la hussarde toutes les difficultés. « Soyez alpiniste, conseille-t-il à son successeur, ne lâchez une prise que lorsque vous êtes assuré d'avoir l'autre. » Mais à quoi bon avoir peur ? *Business Week* n'a-t-il pas classé Richie parmi « les 25 stars de l'Europe à l'avant-garde du changement » ?

Dans les milieux du pouvoir, nombreux sont les anciens élèves disposés à aider leur école. Ceux qui n'en sont pas ont été séduits par la publicité faite autour de l'ouverture aux lycéens venus des ZEP. Les autres rêvent de voir leurs enfants entrer dans une institution qui permet de partir un an dans les plus grandes universités du monde et offre un diplôme débouchant, pour 85 % des étudiants, sur une embauche dans l'année qui suit leur sortie.

Richard Descoings s'est mis à recevoir des sollicitations de toutes sortes. Une actrice vient le voir pour le prier de considérer avec bienveillance la candidature de sa fille. Ses chargés de mission font désormais remonter vers lui des dossiers de « fils de », dont les parents ministre/inspecteur des finances/PDG veulent « consulter » le directeur. « Sujet présidence ! » disent-ils lorsque des professeurs s'étonnent de voir reçus des jeunes gens dont les notes paraissaient sous la moyenne requise. Le député socialiste Vincent Peillon vient d'être battu aux élections et se cherche un dérivatif ? « Sujet présidence ! » L'épouse du conseiller budgétaire du ministère de la Recherche se pique d'enseigner ? « Sujet présidence ! » Plusieurs professeurs amis effectuent moins de 30 % des heures pour lesquelles ils sont officiellement payés ? « Sujet présidence ! »...

La salle à manger qui donne sur le jardin ne désemplit pas. Trois ou quatre fois par semaine, le directeur reçoit des grands patrons et des professeurs étrangers, impressionnés par ce grand garçon aux dents de loup qui évoque sa politique comme un ministre, au milieu de serveurs offrant du champagne.

Richard naviguait à l'aise au sein de la gauche. Nadia lui a ouvert ses réseaux à droite. A eux deux, ils couvrent presque tout le champ des partis de gouvernement et de leurs grands élus.

En province, les maires sont souvent ravis de voir Sciences Po s'implanter dans leurs villes : Nancy, Dijon, Poitiers, Menton, Le Havre et Reims ont prêté leurs plus beaux immeubles. Les départements et les régions ont largement contribué à financer les installations. A Paris, le maire Bertrand Delanoë a payé en partie la rénovation de la cafétéria.

Il faut aussi solliciter la contribution des entreprises. « Comment répondre, sinon, aux besoins de la recherche, à l'augmentation du nombre des étudiants, comment rémunérer plus honorablement les maîtres de conférences ? » argumente Richard Descoings. Nadia Marik a encore ouvert son carnet d'adresses. « Mes amis du Medef », dit-elle lorsque des PDG viennent déjeuner.

C'est Total qui finance en partie les chaires du campus de Menton spécialisées sur le Moyen-Orient et la Méditerranée. La chaire de développement durable reçoit des fonds de Veolia. Le « Team Lagardère » a passé un accord de formation pour une vingtaine d'athlètes, dont la tête d'affiche est Richard Gasquet, le protégé d'Arnaud Lagardère. Le patron du groupe industriel a tenu à financer entièrement le programme. Même Liliane Bettencourt a voulu verser sept millions d'euros que Richard Descoings, toutefois, a dû refuser : l'héritière de L'Oréal voulait que la bibliothèque porte le nom de son mari, André, dont le passé pétainiste n'aurait pas manqué de susciter la controverse. L'Oréal offre des bourses aux élèves venus des ZEP. Unilever, Areva, HSBC, SFR, la Société Générale, la SNCF, toutes versent leur obole.

Sciences Po est devenue une marque recherchée. On se presse pour faire partie des jurys d'admission et des patrons du CAC 40, plus familiers des symposiums de Davos que des cités de La Courneuve, s'enorgueillissent de passer un après-midi à écouter concourir des élèves de banlieue. Sur le site de l'école, les entreprises payent cher un emplacement pour leur promotion. Après la rénovation de la bibliothèque, le site de rencontres Meetic l'a trouvé si belle qu'il l'a choisie pour décor de sa publicité.

La London School of Economics et les universités américaines ont développé en leur sein des écoles professionnelles. Richard Descoings veut faire de même. Et puisque bon nombre des diplômés de Sciences Po partent ensuite dans des écoles de journalisme avant d'investir les médias, il entreprend de développer au sein même de l'Institut un master qui viendra les concurrencer.

Une Ecole de journalisme est ainsi créée. Le patron de l'INA Emmanuel Hoog et la journaliste Michèle

Cotta ont apporté un projet sur lequel Descoings s'est mis à plancher avec assiduité. Cet amateur de médias juge que les journalistes ne sont pas toujours au niveau et que mieux les former sera une mission de salut public. « Nos étudiants, lorsqu'ils seront devenus des journalistes reconnus, seront nos meilleurs ambassadeurs », ajoute-t-il. En quelques mois, une demi-douzaine de patrons de presse ont été bombardés professeurs associés. Est-ce par goût de la provocation ou parce que TF1 finance une partie des caméras nécessaires aux élèves ? Le vice-président du groupe audiovisuel, Etienne Mougeotte, a été chargé du cours de déontologie…

Une Ecole de la communication suit bientôt, introduisant parmi les chargés de cours une armée de communicants et de publicitaires, puis l'Ecole de droit et ses avocats, le département d'économie et l'Ecole d'affaires internationales. Chaque fois, les entreprises mettent au pot.

Sur le trottoir de la rue Saint-Guillaume, un petit groupe de filles et de garçons attendent chaque jeudi son arrivée. Une main dans la poche, le cou rentré dans les épaules, chevelure d'argent, ils n'ont pas grand mal à reconnaître sa décontraction séduisante. Dominique Strauss-Kahn est l'autre star de Sciences Po. Le seul professeur qui combine à la fois un cours de haute volée et ce petit quelque chose dont les étudiants raffolent : ils l'ont vu à la télé.

Lorsqu'il descend les marches de l'amphi Boutmy, flanqué de son assistante aux airs de madone, DSK est toujours accueilli par une assemblée debout et un tonnerre d'applaudissements. Les filles se mettent au premier rang dans l'espoir rarement déçu qu'il choisira l'une d'entre elles et la fixera deux heures durant comme s'il lui dédiait sa conférence. Le cours de « Strauss » est un must qu'aucun élève de première année ne saurait manquer.

Richard Descoings a eu l'idée de le faire venir dès la rentrée 2000. La gauche était encore au pouvoir, mais DSK avait dû démissionner un an plus tôt, empêtré dans le scandale de la MNEF. Autour de lui, on a un peu hésité : l'ancien ministre de l'Economie était alors soupçonné de « corruption passive » et de « concussion » dans l'affaire de la mutuelle étudiante mais aussi mis en examen pour « recel d'abus de biens sociaux » dans l'affaire Elf. Autant dire que l'on ne se pressait plus autour de celui qui, quelques mois auparavant, était la figure la plus en vue de la *dream team* de Lionel Jospin.

Le petit groupe des professeurs d'économie a pourtant plaidé en sa faveur. « A la faculté de droit, jamais il ne serait admis comme professeur, mais nous ne sommes pas la faculté de droit », a remarqué finement Jean-Claude Casanova. Agrégé de droit et d'économie, ce Corse qui peut disserter sur Tocqueville ou sur John Stuart Mill et décliner dans le même souffle toute la généalogie des familles ajacciennes, n'a jamais été impressionné par les opprobres judiciaires. Mieux, l'ancien conseiller de Raymond Barre à Matignon a gardé la nostalgie du temps où celui-ci enseignait à Sciences Po. « Il nous faut un ministre de l'Economie, a argumenté "Casa", songez que nous n'en avons plus eu depuis vingt-cinq ans ! » Jean-Paul Fitoussi, qui avait déjà commandé à DSK des notes pour son Observatoire français des conjonctures économiques rattaché à Sciences Po, a assuré de son côté : « Il est tout de même de tout premier calibre et présente l'avantage d'être déjà professeur des universités. » Lorsque son « conseiller spécial » Olivier Duhamel a glissé : « Achetons-le à la baisse et s'il devient président de la République un jour, ce sera formidable ! », le directeur n'a plus hésité.

Dominique Strauss-Kahn se morfondait dans un bureau du conseil régional prêté par ses derniers amis socialistes. Pierre Moscovici, qui enseigne avec nonchalance « depuis toujours » à Sciences Po, l'a rassuré sur la charge de travail et l'ancien ministre déchu a été trop heureux de la proposition et du salaire de professeur que Richard Descoings a assorti d'une prime conséquente. L'historien Marc Lazar, qui s'étonnait – « Je ne vois pas l'intérêt de le payer autant » –, s'est entendu répondre : « Moi, je vois l'intérêt de son carnet d'adresses ! »

Le patron de Sciences Po a tout fait pour lui être agréable. Il a décrété que l'ancien ministre disposerait d'un assistant comme en ont les grands professeurs des universités américaines. C'est un privilège exceptionnel, rue Saint-Guillaume, mais la jeune chargée de mission, Sophie-Anne Descoubès, a déniché en quelques semaines la perle rare. Cheveux longs bruns qui lui descendent jusqu'aux reins, visage pâle, Annick Steta, docteur en économie, diplômée de HEC, a été chargée d'assurer le suivi du cours et l'organisation des examens. Il a aussi fallu évincer l'économiste antilibéral Jacques Généreux qui assurait jusqu'ici le cours d'initiation à l'économie en première année. Enfin, le social-libéral Strauss-Kahn est devenu le titulaire du poste.

C'est une petite curiosité que de voir, dans les couloirs, le directeur donner à son professeur des « monsieur le ministre » longs comme le bras. Les deux hommes ont vite appris à se connaître. L'amateur de femmes a regardé avec curiosité l'homosexuel revendiqué, mais le libertin goûte la transgression et il admire le tour de force de cet homme qui s'est imposé à la tête d'une école sans se renier. L'ancien HEC n'a jamais caché un vague mépris pour les énarques, mais celui-là est d'un genre moins policé et politiquement, ils peuvent s'entendre. « Je suis démocrate plus que républicain, affirme Richard Descoings. Si j'étais de gauche, je serais antichevènementiste. Si j'étais de droite, je serais plus libéral que conservateur. Je fais partie des tenants de la réforme. » Au fond, n'est-ce pas la définition du strauss-kahnisme ?

Pour l'école, DSK est un appât. L'époque est aux têtes d'affiche et il manque encore deux ou trois figures charismatiques pour attirer donateurs privés et médias internationaux. L'ancienne coqueluche de la presse économique est restée dans la mémoire du microcosme européen comme l'un des organisateurs de la monnaie unique. Agrégé d'économie, il a tenu la dragée haute à l'Inspection des Finances qui régnait pourtant en maître à Bercy. Germanophone et anglophone, il a enseigné dans la prestigieuse université Stanford.

Richard Descoings envisageait d'ouvrir une nouvelle antenne de Sciences Po à Casablanca réservée à des étudiants juifs et arabes. « Avec ça, affirmait-il, plein d'un orgueil candide, on réglera le conflit au Moyen-Orient ! » Un road-show au Maroc a donc été organisé avec l'ancien ministre, natif d'Agadir. De l'autre côté de la Méditerranée, « Dominique » paraissait tutoyer la moitié du gouvernement et la plupart des hommes d'affaires. Son épouse Anne Sinclair venait d'acheter un riad à Marrakech qui semblait être le lieu de rassemblement de tous ceux qui n'avaient pas tourné le dos au couple après la démission de DSK du gouvernement Jospin. Las, l'argent promis n'est jamais arrivé. Les intermédiaires paraissaient louches et Hubert Védrine avait fait remarquer que la monarchie du jeune Mohammed VI n'était pas encore si stable. Le projet a été abandonné.

L'expérience a été plus réussie en province. La règle veut que le professeur donne chaque semestre un cours sur l'un des campus décentralisés. Ce n'est formellement qu'une simple conférence d'économie retransmise jusqu'à l'amphi Boutmy, à Paris, en visioconférence. Mais Dominique Strauss-Kahn a de l'entregent et Sciences Po a besoin du soutien financier des collectivités locales. Pour le premier déplacement à Nancy, Richard Descoings a donc accompagné sa vedette. Il a été enchanté de la réception qu'on leur a faite. Le maire radical André Rossinot avait donné un grand cocktail à l'hôtel de ville, place Stanislas, auquel assistait le président de la région Lorraine, Gérard Longuet. Le lendemain, l'événement faisait la une de la presse locale... On a réédité l'opération à Dijon, dont le jeune Madani Cheurfa, l'ancien pèlerin des lycées de ZEP, est devenu à vingt-six ans le directeur. La petite troupe y a été reçue avec le même faste, terminant sa soirée par un dîner avec le maire François Rebsamen et son épouse.

Depuis le 21 avril 2002, pourtant, et l'arrivée au second tour de Jean-Marie Le Pen, dont Richard hait les idées, la gauche est à nouveau dans l'opposition et l'« appât » semble moins rutilant. Mais DSK ne s'en plaint pas. C'est un homme qui n'a jamais été dupe des courtisans et il tient par-dessus tout à sa liberté.

Son cours magistral a toujours plus de succès, année après année, et il se préoccupe surtout de la charge grandissante de travail qu'il lui demande. Malgré l'aide consciencieuse de son assistante, il doit gérer les maîtres de conférences, organiser les examens et se débattre parmi la masse des copies à évaluer. Il a bien suggéré à la direction de l'école d'acheter ces machines à corriger les QCM dont il a vu les modèles à la New York University où sa fille était étudiante en PhD, mais la proposition lui a été refusée.

Depuis la réélection de Jacques Chirac, Richard Descoings paraît surtout occupé à tisser des liens étroits avec le gouvernement UMP dont son budget dépend. L'influence de Nadia Marik a encore grandi. La nouvelle directrice adjointe ne cache à personne son militantisme auprès de cette droite chiraquienne dont elle a célébré publiquement la victoire. Il n'est pas rare désormais d'entendre Richard rapporter ses dîners avec le ministre du Budget Jean-François Copé ou le Premier ministre Jean-Pierre Raffarin. Tout Sciences Po a lu dans *Le Nouvel Observateur* ce petit écho paru en 2004 qui donnait le directeur comme un futur ministre de l'Education possible, depuis que le philosophe Luc Ferry semble sur le départ.

Le 8 février 2005, il a reçu en grande pompe l'Américaine Condoleezza Rice dans l'amphi Boutmy. La secrétaire d'Etat du président républicain George Bush entamait sa première tournée européenne et avait décidé que le seul discours de son voyage aurait lieu à Sciences Po. Quelle gloire pour l'école et son directeur ! Quelques mois plus tard, l'UMP l'a convié à défendre dans un meeting la Constitution européenne sur laquelle les Français doivent se prononcer par référendum. Lors des émeutes de banlieue, c'est encore lui, le promoteur de l'entrée des lycéens de ZEP à Sciences Po, que le nouveau Premier ministre Dominique de Villepin a reçu pour l'écouter plaider la cause de cette jeunesse abandonnée. A un journal américain qui l'interrogeait sur ses modèles, « the Frenchy » a répondu « Larry Summers », cet ancien professeur de Harvard devenu ministre de Bill Clinton. Est-il possible qu'il se laisse séduire par ce monde politique qui cherche au cœur de la société civile des visages capables de lui redonner sa crédibilité perdue ?

L'ancien des cabinets socialistes hésite encore. Patron de son école, il est maître chez lui. Un ministre aurait-il autant de pouvoir ? Et puis, il ne sait plus vraiment répondre à cette question : est-il encore de gauche ou penche-t-il déjà vers la droite ? Pour plus de sûreté, il s'est mis à courtiser les élus des deux côtés.

Depuis que Dominique Strauss-Kahn songe à se présenter aux primaires socialistes, Richard et Nadia sont revenus vers lui. L'avenir politique est trop incertain pour que le directeur de Sciences Po prenne le risque de fragiliser ses rapports avec sa future tutelle et la gauche a de nouveau une chance de l'emporter en 2007.

Toute l'école suit avec passion les préparatifs de la prochaine présidentielle. Les spécialistes en sociologie électorale se sont mis à examiner en séminaire les chances d'un candidat social-démocrate sur le nouveau héraut de la droite Nicolas Sarkozy, ce ministre de l'Intérieur qui prône la « rupture » avec le président Chirac qui l'a pourtant nommé. La péniche a parfois des allures de meeting.

La petite équipe de communicants et de conseillers qui prépare le retour de DSK a installé ses nouveaux quartiers rue de La Planche, à quelques minutes de Sciences Po. Le jeudi, lorsqu'il a terminé son cours, il arrive que des étudiants accompagnent leur professeur jusqu'à ses bureaux dans l'espoir d'être retenus pour l'aider dans la bataille qui s'annonce.

De tous les candidats en lice pour l'investiture du PS, l'ancien ministre paraît le plus clairvoyant aux yeux de Richard Descoings. Christophe Chantepy s'acharne, pourtant, à organiser la campagne de Ségolène Royal. Mais que peut son ancien ami du Conseil d'Etat pour cette candidate qui paraît à Richard si « puritaine » et propose de placer les jeunes délinquants dans des « établissements à encadrement militaire » ? Et puis, Guillaume Pepy est resté proche de Martine Aubry et celle-ci n'a pas de mots assez tranchants contre cette nouvelle Jeanne d'Arc dont les supporters agitent les bras dans les meetings comme dans des rassemblements charismatiques.

« Dominique », c'est autre chose. Lui seul connaît le fonctionnement des universités américaines. Lui seul plaide en faveur de cette économie de la connaissance qui est sa grande ambition. Libéral et libertaire, progressiste et ouvert sur le monde, n'est-ce pas là le visage de la modernité ?

Désormais, il n'est pas rare de voir la chiraquienne Nadia Marik guetter, devant l'amphi Boutmy, l'arrivée de l'ancien paria socialiste. Lorsque « Strauss » traverse la péniche, de sa démarche nonchalante, entouré d'une myriade d'admiratrices, il arrive que le petit club des étudiants socialistes lui fasse une haie d'honneur où fusent des « DSK président ! ». Jamais la prédiction d'Olivier Duhamel n'a paru plus près de s'accomplir : s'il gagne l'Elysée, quelle chance ce sera pour l'école…

Le cours d'économie de Strauss-Kahn était déjà le plus couru des premières années. Désormais, les journalistes se glissent parmi les étudiants dans l'espoir d'y glaner quelques allusions politiques. Dans son bureau, Richard suit la progression de sa « star » dans les sondages.

A quelques mois des fameuses primaires, le 25 avril 2006, jour des cinquante-sept ans de leur professeur, les étudiants ont préparé une surprise. Avant même que Dominique Strauss-Kahn ait saisi son micro, des garçons ont entrepris de descendre vers la chaire un gâteau d'anniversaire sous les cris d'une assemblée transportée. Par les haut-parleurs de la sono, la voix sucrée de Marilyn Monroe s'est soudain élevée, susurrant « Happy birthday, mister President… ». Si le corps électoral se réduisait à la petite société de la rue Saint-Guillaume, il ne fait pas de doute que « Dominique » serait élu.

Le 16 novembre, les espoirs du prétendant se brisent sur un score sans appel. Ségolène Royal l'a emporté avec 60,7 % des suffrages, laissant loin derrière elle la star des amphis. « C'est bien, vous allez être plus disponible pour enseigner », ont lancé quelques étudiants croyant consoler Strauss-Kahn. Nadia, elle, l'a salué avant son cours d'un « bonjour monsieur le président » que le battu a pris pour une marque d'ironie. Ensuite, elle n'est plus jamais revenue l'attendre.

DSK éliminé, il n'était pas question de se rabattre sur la madone des socialistes. Même Chantepy n'a pas essayé de convaincre Richard. Ce dernier a regardé autour de lui, et il n'a plus vu personne à gauche capable de l'emporter. Quelques semaines avant l'élection, le directeur n'a accepté qu'une invitation « politique ». Celle de la Diagonale, un club de « sarkozystes de gauche », « gay friendly ». Ils lui avaient demander de parler d'éducation aux Bains-Douches, sa discothèque préférée.

Une semaine avant le premier tour des présidentielles, René Rémond est mort. Depuis des mois, le vieil académicien était malade et laissait les choses se faire sans lui. « Vous êtes mon surmoi », souriait avec déférence Richard quand la haute stature maigre paraissait se raidir et que la voix grave articulait doucement : « Croyez-vous que cela soit convenable ? » Le surmoi avait pourtant perdu la bataille depuis longtemps. Il s'était facilement abandonné au charme de ce jeune directeur qui avait transformé sa vieille école de bourgeois en loden en établissement grouillant de jeunes venus du monde entier.

Le professeur Jean-Claude Casanova a accepté sans difficulté de prendre la présidence de la Fondation nationale des sciences politiques, cet organe censé financer et contrôler Sciences Po. « JCC », comme il s'appelle lui-même, regarde toujours avec un peu de curiosité ce Descoings qui n'est pas de son univers. Lui se réclame du libéralisme intellectuel de Raymond Aron qu'il mêle paradoxalement à d'archaïques références descendues tout droit de ses montagnes corses. Sa raison admire le réformisme du directeur. Mais dans son village natal, l'homosexualité passe pour une tare tragique et il parle volontiers de Richard comme d'un oublié de Dieu animé d'une « volonté profonde de rédemption ».

Il a invité le couple Descoings/Marik au cap Corse, dans sa « maison d'Américano », comme on appelle ces charmantes demeures construites par les insulaires partis aux Etats-Unis au milieu du XIXe siècle et revenus riches dans leur village natal. Il n'apprécie pas beaucoup l'importance qu'a prise Nadia. On lui a rapporté les colères homériques de l'adjointe et cette façon d'intervenir sur tout. Le Méditerranéen en lui est outré de l'autorité de l'épouse sur son mari. Mais au fond, « Casa » éprouve une certaine affection pour la nature angoissée de Richard. Lorsqu'il retrouve son homologue du conseil de direction, Michel Pébereau, les deux hommes peuvent disserter à l'infini sur la passion éducative et l'énergie adolescente du directeur. Ils admirent tous deux en experts cette façon de jouer à saute-mouton par-dessus les ministres, de drainer l'argent des grands patrons, de susciter les portraits élogieux dans les journaux, en un mot de « connaître Paris ».

Leur Rastignac a l'ambition de conquérir l'Amérique. Tout le cursus d'études a été repensé en miroir des grandes universités anglo-saxonnes. Désormais, il parle des bâtiments répartis dans le Quartier latin comme d'un « campus ». Le premier cycle a été rebaptisé « collège » et délivre un « bachelor ». Les thèses sont assimilées à un « PhD ». Les professeurs sont encouragés à faire une partie de leurs cours en anglais.

Comment le grand banquier et l'intellectuel, tous deux septuagénaires, pourraient-ils brider cette course à la modernité ?

Un nouveau visage est arrivé dans le cercle des proches. Richard Descoings a débauché à l'Ecole des Mines Bruno Latour. C'est un grand escogriffe de cinquante ans, agrégé de philosophie, que ses travaux théoriques sur la « sociologie des objets » ont propulsé parmi les rares stars françaises des campus américains.

Bien des professeurs de Sciences Po tiennent les théories de Latour pour une pataphysique absconse, mais il faut reconnaître que cet intellectuel issu d'une grande famille de négociants bourguignons, membre de l'Académie américaine des arts et des sciences, a une idée claire de la façon de propulser l'école dans les classements universitaires internationaux.

Descoings peut bien vendre partout son « Harvard à la française », avoir doublé le nombre de ses étudiants, les envoyer un an aux Etats-Unis ou au Japon, rares sont ses chercheurs de renommée internationale. S'il veut jouer dans la cour des grands, il est urgent de renforcer son corps académique.

Sous l'impulsion de Bruno Latour, bombardé directeur scientifique, le voilà qui décide un plan de recrutement de trente enseignants-chercheurs supplémentaires. Il veut, dit-il, achever de « transformer cette école sans appétit intellectuel, spécialisée dans le commentaire mondain ». Richard est allé jusqu'à l'Elysée réclamer des moyens supplémentaires, il a entamé une grande campagne de collecte de fonds auprès des entreprises, et le résultat est là. Chaque laboratoire dispose de bureaux au cœur de Paris et de personnels d'appui comme aucune autre université n'est capable d'en offrir. En plein mouvement de contestation contre la loi d'autonomie des universités présentée par la nouvelle ministre Valérie Pécresse, dont Richard Descoings défend publiquement le principe, les privilèges accordés à Sciences Po commencent à irriter.

Le conseiller d'Etat contourne avec décontraction toutes les procédures administratives habituelles. Avec Pécresse, il est d'une désinvolture parfois désobligeante. Membre de son jury lorsque la jeune femme a voulu entrer en prep'ENA, vingt-cinq ans plus tôt, il lui parle toujours avec une courtoisie ironique comme si elle était son élève. « La Versaillaise », comme il la surnomme, a connu la petite bande de Descoings au temps du Conseil d'Etat, lorsque les garçons sortaient le soir en santiags et en marcel dans les bars de la rue des Canettes où Richard avait gardé sa garçonnière d'étudiant. A l'UMP, elle copinait avec Nadia Marik. Elle est un témoin du passé et de ses frasques. Et puis, pourquoi ménager la ministre quand on peut, d'un coup de fil au secrétaire général de l'Elysée, Claude Guéant, régler les difficultés ?

« Je m'assieds sur les règlements ! » répète Richard lorsque Bruno Latour s'inquiète. Pour recruter des économistes, des historiens ou des juristes de renommée mondiale, il faut offrir des conditions de travail et de rémunération attractives. Il a donc développé tout un système de compléments de rémunération et d'allègement de charges d'enseignement. Chacun négocie directement avec le directeur. Une douzaine de logements sont mis à disposition des professeurs sans qu'aucune instance collégiale soit jamais consultée. Les chargés de mission du directeur se sont vu distribuer des cartes de crédit au nom de la maison, afin qu'ils puissent en un instant résoudre tout problème d'intendance.

Latour est trop fin pour ne pas avoir perçu les fragilités de Richard. Il lui faut gérer chaque jour sa désorganisation, ses intuitions fulgurantes et la présence constante de Nadia. Les réunions ressemblent à de longues séances énigmatiques où il tente de deviner ce que le couple projette. Parfois, Richard l'engage sur un chemin difficile puis le lâche en rase campagne. Il veut écarter le patron du Cevipof, ce Centre d'études de la vie politique française qui dépend de Sciences Po ? Le directeur envoie Latour au front, le laissant assumer l'impopularité de la démarche. Puis, devant les protestations, magnanime, il décide de maintenir le condamné en place. « Votre plan était excellent, nous l'avons suivi jusqu'au bout », ose-t-il devant Latour.

Un jour, à Saulnières, Richard débouche vingt bouteilles de grands bordeaux afin de défier le Bourguignon sur un terrain où l'autre lui est supérieur. Mais le directeur de la recherche apprécie ce pirate et ses contradictions. Richard aime les hommes et a épousé une femme, appartient aux grands corps et veut dynamiter l'Etat, pousse à une ouverture internationale quand lui-même est si français, fait une psychanalyse sans voir la folie autour de lui. Quel beau sujet d'étude pour un intellectuel comme lui !

Et puis, il apprécie son goût de la réforme. Obsédé par la modernisation des élites, le « patron » a développé des cours de sciences et rendu obligatoires des séminaires sur les arts. Il a confié une chaire santé à son ancien condisciple du lycée Louis-le-Grand, le polytechnicien et énarque Didier Tabuteau. Il a chargé l'écrivain Pierre Assouline d'un cours de lecture et d'écriture pour les étudiants de première année. Il a surtout réorienté une partie des subsides en faveur des matières en pointe dans les entreprises globalisées : le droit, l'économie, la communication, les relations internationales. Il a ainsi fait venir de l'université Paris-Dauphine Marie-Anne Frison-Roche, afin de développer un master de droit économique. Cette belle femme blonde est l'une des fondatrices de la doctrine française du droit de la régulation. C'était aussi une amie intime de William Baranès, ce romancier homosexuel qui écrivait sous le pseudonyme de Guillaume Dustan avant de mourir du sida et que Richard a toujours admiré et jalousé. Cette agrégée de droit a tout de suite aimé la jeunesse du directeur et cette façon de s'autoriser toutes les transgressions. Elle connaît son attirance pour le brillant et les médias. Mais avec lui, le changement va si vite !

Le spécialiste du monde arabe Gilles Kepel est pareillement séduit. On ne refuse rien à ce grand expert de l'Islam qui parle arabe et dont la chaire est financée par Total. Richard l'emmène dans sa voiture dîner au Siècle et lui accorde les personnels ou les thésards réclamés. Lui que les présidents d'université américaine regardaient autrefois comme un simple fonctionnaire s'offre désormais le luxe de monter aux tribunes flanqué de ses meilleurs chercheurs.

Des matières reines, autrefois, sont désormais délaissées. Les grands historiens de l'école, Jean-Pierre Azéma et Michel Winock, ont pris leur retraite sans que l'école célèbre particulièrement leur départ. L'enfant chéri de l'air du temps n'est pas loin de penser que l'étude du passé est une passion pour les croulants. Tout à sa conquête des mondes nouveaux, il s'agace devant ces professeurs qui relativisent les révolutions qu'il a lancées. A plusieurs reprises, il leur a demandé de relever les notes des étudiants étrangers dans les épreuves portant sur l'évolution de la France contemporaine. Ses étudiants venus des lycées de ZEP lui paraissent toujours plus fragiles dans cette matière, apanage d'une culture classique. Et puis, Richard s'en est bien rendu compte, le département d'histoire est devenu l'un des bastions de la critique contre lui et son épouse.

Il est le « roi Richard », elle la « tsarine ». Lorsqu'on veut être moins aimable, ils deviennent « Nicolae et Elena », le couple Ceausescu de sinistre mémoire. C'est la revanche des troupes malmenées sur leurs dirigeants.

Depuis que leur directeur s'est marié, beaucoup de ses supporters des débuts font porter à Nadia le chapeau trop grand de sa propre tyrannie. « Elle est son soleil noir », jurent-ils dans les couloirs. Il est vrai qu'elle contrôle les agendas de son mari, impose son comportement erratique et ses interventions constantes dans les réunions. Elle peut débouler dans le bureau d'un collaborateur en hurlant, afin que tout le monde entende la scène à travers les cloisons. Beaucoup se sont mis à détester cette femme passionnée et colérique.

Richard peut bien vouvoyer sa femme, ils gouvernent à deux. Elle a pour lui un amour et une admiration qui dépassent parfois l'entendement. Il a pour elle une estime et une confiance dont la principale démonstration réside dans l'absolue liberté qu'il lui laisse.

Une fois tous les quinze jours, on réunit les chefs des services pour une séance désignée depuis toujours sous le nom de « bobinette ». La réunion est devenue un long monologue du directeur, entrecoupé d'appréciations de son épouse et, plus rarement, des précisions du directeur des études Laurent Bigorgne qui s'épuise à satisfaire les exigences du couple. C'est là que se mesurent les grâces et les disgrâces. Si Richard y assassine un collaborateur de son ironie mordante, on peut parier que le malheureux aura disparu de la bobinette quinze jours plus tard. Il est devenu impossible de les contredire. La cour a fabriqué un slogan maison résumant tout : « Avec Richard, t'es pour ou t'es con. »

Le souverain a décrété : « Tant que je serai là, il n'y aura pas d'organigramme. » Nadia renchérit : « Un organigramme, cela fige et nous, nous voulons une dynamique. » Un jour, il est arrivé en demandant tranquillement à ses troupes : « Vous allez me désigner chacun le nom de la personne qui serait susceptible de vous remplacer au cas où vous devriez partir. » Autant dire que plus personne n'est sûr de sa position.

Des responsables syndicaux qui ont fait allégeance se retrouvent promus. D'anciennes secrétaires deviennent chargées de mission. D'autres sont débarqués sans ménagement. Jean-Baptiste Goulard, le fils de François Goulard, l'ancien ministre délégué à l'enseignement supérieur, a été recruté comme chef de cabinet. C'est un garçon charmant qui a vite compris que le milieu politique dans lequel il baigne depuis l'enfance n'avait rien à envier à la brutalité qui règne parfois rue Saint-Guillaume. Nadia peut le brocarder comme personne un jour et le soutenir ardemment le lendemain sans paraître se souvenir de ses colères de la veille. Mais c'est la rançon pour travailler auprès de ce patron tellement admiré.

Richard Descoings est à peine moins inquiétant. Il garde une voix douce, mais son visage crispé, son sourire trop large, son art de fabriquer des phrases assassines peuvent transformer un rendez-vous en cauchemar. S'il passe soudain au vouvoiement et lance avec une déférence appuyée un « monsieur le professeur » à un enseignant, c'est que le venin n'est pas loin.

Lors des fêtes de la Saint-Guillaume, le 10 janvier, il a pris l'habitude de remercier nommément ceux qui lui sont agréables. Ceux qui ne figurent pas dans la liste peuvent craindre leur révocation prochaine.

Bien des compagnons des premières années glorieuses ont été peu à peu laissés sur le bord de la route. L'historien Jean-Claude Lescure, qui dirigeait l'Ecole de journalisme, a été remercié du jour au lendemain. Le professeur d'économie François Rachline, exaspéré par les incohérences de Nadia Marik, est venu réclamer l'arbitrage de Richard Descoings : « Ce n'est plus possible avec elle ! » Il l'a vu se durcir aussitôt : « Elle m'a sauvé la vie. » Rachline a préféré partir à l'Institut Montaigne. Quelque temps auparavant, le sinologue Jean-Luc Domenach s'était éloigné après avoir constaté devant Richard : « Vous avez désormais une gestion césaropapiste ! » Pour toute réponse, le directeur lui avait demandé cyniquement : « Quel est le montant de votre prime ? »

Tout un régime de faveurs et de défaveurs est venu se substituer aux mœurs académiques. Des professeurs se voient déchargés de leurs enseignements. Les non-titulaires ont peur de perdre leur job, les autres d'être exclus du cercle des favoris. Lorsque l'un d'entre eux se retrouve placardisé, gare à celui qui le fréquente. « Pourquoi faire cours avec lui, c'est un opposant ? » s'insurge le monarque. Des chargés de mission peuvent dénoncer un enseignant qui a pris un café avec un banni. Nadia téléphone alors à l'imprudent pour le rappeler violemment à l'ordre.

Chaque matin, Laurent Bigorgne écoute avec déférence les lubies de Nadia puis s'efforce de contourner ses ordres les moins rationnels. Il a fini par développer un ulcère, à force de courir partout pour faire marcher cette folle entreprise. Richard Descoings, lui, n'écoute que d'une oreille distraite les plaintes contre sa femme. Il a accepté de faire venir à Sciences Po un cabinet de consulting, spécialisé dans la gestion du stress, où officie l'un de ses anciens condisciples du lycée Montaigne devenu psychiatre. La conclusion des consultants a été rapide et sans appel : « le rôle de Nadia Marik, l'épouse du directeur », est le point nodal de toutes les difficultés de gouvernance. Richard a bien voulu réagir. Désormais, Nadia ne sera plus numéro deux mais chargée du « fundraising ». En pratique, rien n'a changé.

Les professeurs se sont mis à observer en experts ce tourbillon qui emporte tout. Les politologues de la maison constatent régulièrement des « purges ». Lorsqu'ils entendent la langue de bois des chargés de mission, ils évoquent « un phénomène à la Lyssenko », en référence à cet ingénieur qui réinventait la réalité pour plaire à son maître Staline. Une historienne, qui a dû faire antichambre pendant des heures pour voir le directeur avant d'être reçue par l'un de ses collaborateurs, a décrété tout de go : « Ce sont les écuries d'Augias et le Bas-Empire réunis ! » L'historien Patrick Weil, qui a quitté l'école après des années d'orages, s'est mis à distribuer aux journalistes un petit fascicule sur les pervers narcissiques : « Tout Descoings est là ! »

Un jour, Marc Lazar prend Richard à part. « Ce mouvement perpétuel qui maintient chacun dans une incertitude angoissante ressemble très exactement à la description du totalitarisme par Hannah Arendt », remarque-t-il. Fureur du roi Richard ! Il veut bien être traité de despote mais il se revendique des despotes éclairés. Ne travaille-t-il pas chaque jour, de sept heures quarante-cinq à vingt et une heures, pour maintenir cette école au plus haut niveau ?

De fait, la plupart de ceux qui souffrent sous sa férule doivent bien reconnaître que jamais ils n'ont été aussi fiers d'appartenir à Sciences Po. A l'extérieur, l'image de l'institut s'est transformée. Le niveau des étudiants s'est accru. Jamais on n'a connu un tel bouillonnement intellectuel, une telle diversité des formations. Mais ils s'inquiètent de voir ce couple enivré par sa toute-puissance. Et s'il était en train de détruire son œuvre ?

Il règne une atmosphère de crainte parmi ces hommes et femmes érudits. Le politiste Philippe Braud et l'historienne Claire Andrieu ont envoyé aux 189 enseignants-chercheurs une série de lettres critiquant la « gouvernance » de la direction. A la réunion qu'ils avaient organisée, quinze personnes seulement étaient présentes.

En éternel adolescent, Richard s'éprend et se déprend des uns et des autres. Il demande à un jeune collaborateur : « Dans quelle entreprise m'imagineriez-vous ? » L'autre, croyant lui plaire, répond avec ferveur : « Oh, pour moi, vous serez toujours le directeur de Sciences Po… » Raté. Descoings tourne ostensiblement le dos à l'imprudent.

Tous les jeux deviennent dangereux. Avec Marie-Anne Frison-Roche, la lune de miel tourne court. Cette juriste a pourtant mené à bien l'ambition qui lui était assignée de préparer la création d'une école de droit. Un jour, il lui retire brutalement son bureau, ses attributions et la direction du projet qu'elle a porté. « Tu t'es mise à vouloir tout diriger et le pouvoir ne se partage pas », assène-t-il en guise d'explication.

Même Laurent Bigorgne, que Richard a présenté maintes fois comme son « fils spirituel », doit lâcher bientôt prise. Le directeur l'a envoyé à la London School of Economics parfaire sa formation en annonçant à la cantonade « *He will be back !* ». Au bout de quelques mois, l'héritier probable doit bien se rendre à l'évidence qu'on ne le rappelle pas et qu'un nouveau candidat, Hervé Crès, un docteur en mathématiques jusque-là directeur délégué de HEC, l'a remplacé.

Richie veut être le seul. L'unique, dans cette course en avant qui le dévore.

Deux fois par an, Emmanuel Goldstein organise dans son vaste duplex de grandes fêtes où se retrouvent les gays du Tout-Paris. Il envoie les invitations par Facebook, au sein de son cercle d'amitiés où se pressent des journalistes, des avocats, des hauts fonctionnaires et des banquiers, droite et gauche mêlées.

Dans l'escalier, un majordome prend les manteaux et s'occupe du vestiaire. De somptueux buffets ont été dressés dans le salon et des dizaines de bouteilles de champagne millésimées attendent dans les baignoires remplies de glaçons des salles de bains. Les « Goldy Parties », comme disent les convives, sont un des événements mondains les plus courus de cette petite communauté élitiste. Plus amusantes que les dîners du Siècle, moins provocantes que les bacchanales des boîtes du Marais, ces soirées sont aussi la preuve rassurante que l'époque n'est plus à la clandestinité.

Richard n'a presque jamais manqué l'une de ces fêtes joyeuses où il retrouve ces énarques qui lui ressemblent et sont aussi souvent maîtres de conférences à Sciences Po. On discute avec de jeunes garçons, « des petits mickeys » comme les appelle gentiment un habitué, que les plus entreprenants convives ont amenés avec eux et présentent parfois comme leurs étudiants.

Il n'est pas rare que le directeur de Sciences Po s'y rende avec Nadia et quelques-uns de ses chargés de mission, ébahis de découvrir un lieu de pouvoir dont ils ne soupçonnaient même pas l'existence. Ils y retrouvent le plus souvent les amis de leur patron, des hommes qu'ils ont croisés dans des réunions universitaires ou des dîners de levée de fonds, ainsi que Guillaume Pepy.

Le trio n'en finit pas d'étonner leurs proches. Ensemble, Richard, Nadia et Guillaume ont acheté une maison dans le Vaucluse, juste avant l'ouverture de la nouvelle ligne de TGV Paris-Avignon, dont le patron de la SNCF est si fier. C'est une bâtisse sans vrai charme, nichée dans un jardin où coule une rivière, mais c'est le pays des Sorgues, à quelques dizaines de kilomètres d'Eyragues et de ses souvenirs de jeunesse. C'est là, dans cette amitié à trois, que Nadia et Guillaume ont appris à veiller sur Richard.

Offrant la stabilité de sa vie familiale, l'épouse s'efforce chaque jour d'écrire une partition ordonnée pour cet homme qui brûle son existence. Elle a fini par prendre le parti de ces séjours en Provence qu'elle partage avec l'ami de toujours.

Lorsqu'elle accompagne Richard dans les soirées d'Emmanuel Goldstein, Nadia est souvent la seule présence féminine, parmi ces hommes élégants qui dansent entre eux. D'autres convives sont mariés, ont des enfants comme Emmanuel, et témoignent par leur vie tranquille que l'homosexualité est sortie de ce que Guy Hocquenghem appelait son « destin perturbateur ». Dans ce nouveau monde, Nadia la passionnée a appris à se montrer souple, par amour pour Richard. Elle s'esquive lorsque la fête bat son plein.

Richie a plus de 4 000 « amis » sur Facebook. Des garçons et des filles de moins de vingt-cinq ans, pour la plupart. C'est devenu un rituel pour tous les nouveaux inscrits de l'école que de réclamer au directeur son amitié virtuelle. Chaque jour, des armées de jeunes fans « like » les poèmes et les chansons de Barbara ou d'Etienne Daho postés sous le « profil » de leur idole, posant à côté d'un marsupilami en peluche, sa mascotte.

Si les professeurs de Sciences Po visitaient plus régulièrement les réseaux sociaux, ils seraient stupéfaits de voir s'épanouir ainsi la personnalité de celui qui les tient sous sa férule. Sur Facebook, l'intraitable patron « tchate » comme ses étudiants, abréviations et fautes d'orthographe comprises. Il défend ses réformes, discourt sur l'actualité et, comme eux, confie ses humeurs, flirte, dévoile sa vie privée. Depuis 2008, Richie consacre au moins une heure par jour à remonter le fil de ses messages, s'offrant ainsi une vision panoptique de cette jeune communauté.

Son esprit juvénile a vite intégré ce mélange de spontanéité et de narcissisme qui domine le réseau. Il poste des photos de lui dans ses fonctions professionnelles mais aussi en vacances. Ses milliers d'« amis » ont donc pris l'habitude de le voir aux côtés d'un ministre ou de l'économiste Joseph Stiglitz. On peut aussi le découvrir, l'été, torse nu au bord de la piscine de la maison du Vaucluse. Richie en maillot de bain, Richie jouant au volley, Richie au festival d'Avignon. Richie posant par jeu avec un lion et un renard en peluche, les emblèmes de Sciences Po. Richie et son épouse. Richie « griffé par le chien de Guillaume ». Richie si cool…

Parfois, il donne à un ou deux élèves ses mots de passe – « Lafcadio » comme le héros de Gide dans *Les Caves du Vatican*, ou « Dies Irae », la prose des morts chantée dans les requiem – afin qu'ils continuent d'alimenter son compte. C'est sa façon de maintenir un lien constant avec la nouvelle génération, son obsession.

L'idole des jeunes a peur du temps qui passe. Le 23 juin 2008, jour de ses cinquante ans, il traverse vingt-quatre heures de mélancolie, malgré le magnifique bouquet de fleurs multicolores offert par ses collaborateurs, et soupire : « C'est moche de vieillir. Je me dégrade de partout… Je ne veux pas ressembler à ces vieux homos qui hantaient les soirées du Conseil d'Etat. »

Une question du magazine étudiant de Sciences Po, *La Péniche*, l'a terrifié : « Pensez-vous que l'on rebaptisera un jour l'amphi Boutmy amphi Richie ? » Comme s'il était déjà embaumé ! Il se sent parfois de l'autre côté de la barrière.

Nadia s'inquiète. Il descend souvent dans le jardin fumer avec ses étudiants, enchantés de partager un instant avec lui. Il dort peu. Travaille trop. Boit plus que de raison. La femme amoureuse connaît sa fêlure intime et morbide. Ce cœur qui l'incline à la sauvagerie.

C'est une passion vraie, incompréhensible au commun des mortels, un amour sincère qui se moque des conventions et des chagrins. Richard peut s'interdire de paraître en public avec son ami, afin de ne pas blesser sa femme, puis proclamer dans une soirée mondaine : « Moi qui partage ma vie entre Guillaume et Nadia… » Les amis ont fini par s'habituer à ne plus poser de questions à cet enfant tyrannique.

Au cœur de la rue Saint-Guillaume, les plus proches collaborateurs ont surtout remarqué que la Nadia colérique est la plus attentive conseillère des étudiants. Cette femme qui peut humilier des secrétaires ou user jusqu'à la corde un jeune chargé de mission, se met en quatre pour un élève en difficulté. Au fond, ont-ils fini par comprendre, Sciences Po est l'enfant du couple qui les gouverne.

La plupart des élèves ne s'émeuvent pas plus de

la drôle de vie de leur directeur. Ils s'émerveillent de la formidable disponibilité de cet homme dégingandé qui joue les grands frères. « Va voir Richie » est devenu la réponse à toutes les difficultés.

Le jeune Ilyss, entré à l'école par la procédure réservée aux élèves de ZEP, se retrouve un matin dans son bureau devant un café. « Je serai votre parrain », annonce le directeur en lui offrant deux encyclopédies Larousse. Le garçon lui raconte timidement comment des condisciples l'ont questionné : « Mais comment rentres-tu le soir à Bondy ? — Ben, par le métro et le RER… — Mais tu ne te fais jamais agresser ? » Quelques semaines plus tard, Richard Descoings, outré qu'il soit l'objet de tant de préjugés, lui demande d'être à ses côtés pour accueillir Dominique de Villepin.

Lorsque les équipes sportives de Sciences Po gagnent les tournois qui les opposent aux autres instituts de province, les champions ne manquent jamais de débarquer dans son bureau avec leur coupe, le lendemain à huit heures du matin, pour sabrer avec lui le champagne. Les clubs de supporters de l'école ont confectionné un étendard jaune avec la photo de Richard qu'ils suspendent alors à la façade, côté jardin. En bas, des dizaines de jeunes gens s'agenouillent en hurlant « Richie hou akbar ! » en attendant qu'il apparaisse à la fenêtre.

Les années passant, l'adulation dont il fait l'objet

a encore grandi. Des étudiants plus persifleurs l'ont représenté en une de leur journal, *In Vodka Veritas*, sous les traits du dictateur nord-coréen, Kim Jong-un ? Il traverse la péniche pour acheter consciencieusement son exemplaire. Comme s'il était surpris : est-ce sa faute s'il fait l'objet d'un tel culte ?

Du haut de leurs vingt ans, les garçons les plus hardis s'émerveillent de voir l'empire qu'ils croient avoir sur cet homme. Ils suivent sur Facebook les effets de leur charme. « Un ange est entré dans mon bureau ce matin », écrit Richie sur son mur Facebook après avoir croisé un étudiant au regard de biche. « Faut-il des quotas d'homosexuels dans une école ? » provoque-t-il lors des oraux du concours d'entrée. Il flirte dans les couloirs. Lors des fêtes de fin d'année, quand la cafétéria se transforme en boîte de nuit, le voilà qui se plonge avec délice dans ces foules juvéniles avides de se faire photographier à ses côtés et de lui plaire. Mi-ange, mi-diable, il aime qu'on le flatte, il aime qu'on l'aime. Jamais rassasié de l'amour que la jeunesse lui voue.

Sur Internet, Richie entretient des conversations intimes avec des garçons de trente ans ses cadets. « Je me sens très seul… » « Pourrais-je dire que j'ai réussi ma vie ? » Evoque « Guillaume », « Nadia », ses amours, sa psychanalyse. Le mentor s'est mis à révéler sans fard à ces jeunes gens subjugués sa bipolarité, qui le mène parfois de l'exaltation à la dépression.

Les rumeurs courent facilement les amphis et les jalousies s'insinuent parfois jusque dans les promotions. Les rédacteurs d'*In Vodka Veritas* se sont mis à moquer ceux qui passent pour les « gigolos » du directeur. Un brillant garçon de dix-neuf ans, auquel Richie a délégué le soin de prendre les photos qui alimenteront son compte Facebook, se voit moqué régulièrement dans des articles non signés. Le jeune homme, terrifié des surnoms dont on l'affuble, est venu demander son aide à Richard. « Vous en souffrez, mais moi aussi », répond le directeur en se refusant à intervenir.

Janus des temps modernes, il s'est mis à tout mélanger. Il peut dîner au Siècle, « ce lieu de réassurance, rit-il, où l'on est sûr de ce que l'on est », et se confesser sur Facebook, ce réseau qui échappe à tous les pouvoirs établis. Il est le prince des grandes confusions. Vie publique et vie privée. Représentant d'une oligarchie soucieuse de préserver son héritage et directeur de jeunes consciences. Idole des médias et contestataire des conservatismes. Il veut jouer sur tous les tableaux.

Ce jour de décembre 2008, le président de la République est d'humeur charmante. Il a désigné à son visiteur le meilleur fauteuil, commandé aux huissiers des rafraîchissements et posé sur son bureau ce portable sur lequel il pianote parfois ostensiblement devant ses ministres. Nicolas Sarkozy est aux petits soins.

Depuis leur première rencontre à Neuilly, les deux hommes se sont revus fréquemment. Lorsqu'il a besoin d'une rallonge budgétaire, Richard n'a jamais grand mal à l'obtenir. Ses deux derniers budgets ont été entièrement négociés à l'Elysée. Quelques années auparavant, il a reçu longuement Jean, le cadet du président, venu lui demander conseil après avoir abandonné une hypokhâgne, puis une prépa à Normale sup. L'été, il n'est pas rare que le couple Descoings/Marik dîne avec François Sarkozy, le frère du chef de l'Etat, qui possède une maison près de la sienne, dans le Vaucluse.

De son côté, le candidat UMP a consacré une

partie de sa campagne de 2007 à prôner la « discrimination positive » expérimentée rue Saint-Guillaume. Après son élection, il a écouté avec satisfaction Richard Descoings soutenir sa réforme sur l'autonomie des universités. La moitié du conseil d'administration de Sciences Po, de Michel Pébereau au patron d'Axa, Henri de Castries, sont de ses alliés. Et puis, il apprécie Guillaume Pepy, goûte le militantisme de Nadia et ne s'est jamais formalisé de leur intriguant trio.

Au fond, ils sont faits pour se plaire, ces deux animaux qui aiment bousculer les élites et transgresser les hiérarchies. Sarkozy apprécie en expert l'éclatant sens de la communication de son hôte et ce talent pour dissoudre la réalité dans sa propre légende. Il a lu les portraits flatteurs, relevé les classements dans la presse internationale. Noté combien le seul fait d'avoir intégré quelques centaines de gosses de banlieue dans son école l'a propulsé en chouchou des médias. S'il a déçu l'espoir de Richard de devenir ministre, au lendemain de sa victoire à la présidentielle, il a trouvé une occasion de se rattraper.

Depuis des semaines, les lycéens et leurs professeurs protestent contre la réforme proposée par son ministre de l'Education Xavier Darcos. En Grèce, quelques jours plus tôt, des manifestations semblables ont viré à l'émeute et Nicolas Sarkozy craint la contagion. « Richard, il faut que nous sortions de ce bourbier. » Dans l'esprit du chef de l'Etat, il s'agit surtout d'habiller l'abandon du projet Darcos. « J'ai bien peur qu'il faille aussi que je pense à son successeur », glisse-t-il dans un sourire.

Y a-t-il moyen de dire non au président ? Depuis des mois, Richard Descoings se sent écartelé entre le désir et le désenchantement, l'envie d'accomplir une ambition plus grande et la tentation de se laisser glisser dans ce long tunnel de mélancolie qui le reprend. Une mission sur le lycée, c'est un défi exaltant et une voie de sortie possible. Trois ans plus tôt, après les émeutes en banlieue, Descoings avait annoncé un projet de lycée expérimental en Ile-de-France. « Un lycée de 600 places à destination des jeunes en échec scolaire », promettait-il, dans l'idée de prouver qu'il pourrait réformer toute la chaîne éducative française. Il a dû l'abandonner, faute de moyens et de volonté de la région. Cette mission peut être une formidable occasion.

Richard n'a pas mis longtemps à imposer sa méthode. « Pour rétablir la confiance, il faut d'abord écouter les jeunes et leurs professeurs, a-t-il affirmé. Il me faut des moyens, quatre mois devant moi et carte blanche. Pour être légitime, je veux partir du terrain. » Nicolas Sarkozy a été si bluffé par son assurance qu'il a tout accepté. Le secrétaire général de l'Elysée Claude Guéant a été chargé de débloquer 200 000 euros. Les deux hommes se sont accordés pour que le conseiller en stratégie du président, Pierre Giacometti, coordonne la mission. La société Giacometti/Péron conseille déjà Guillaume Pepy et la SNCF. On travaillera en confiance…

Depuis le 16 janvier 2009, il enchaîne, trois jours par semaine, trois voire quatre visites dans les lycées. Un vrai marathon à travers la France. Flanqué de Cyril Delhay, le jeune chargé de mission qui avait déjà démarché les lycées de ZEP, et d'un ou deux étudiants chargés de filmer les échanges en vidéo, il saute d'un train à un autre, d'un lycée rural à un établissement de centre-ville. Déjeune dans les cantines, consulte proviseurs et élèves, syndicats et associations.

Ce n'est pas simple de passer pour l'émissaire de ce Nicolas Sarkozy que le monde enseignant conteste. Lorsqu'il arrive dans les lycées, il n'est pas rare qu'une partie des profs boycottent la rencontre. A Toulouse, il a dû rester à la grille d'un lycée, bloqué par une manifestation des élèves. Parfois, les préaux sont si survoltés qu'il se fait chahuter, siffler par les jeunes, lui Richie ! Tout son art de la séduction est nécessaire pour retourner les salles hostiles.

Même à Sciences Po, cette association avec « Sarko » passe pour une trahison aux yeux de beaucoup. Un de ses étudiants préférés, Juan Branco, à qui il proposait de venir l'aider, a refusé tout net. « Vous êtes un petit con égoïste qui attend d'entrer dans les cabinets ministériels en se moquant de laisser des générations sacrifiées ! » a tempêté Richard.

Grandes réunions publiques, site Internet, rien n'a été laissé au hasard. Le directeur de Sciences Po a dépensé plus de 800 000 euros pour son tour de France dont 600 000 euros payés par l'école. Il dort dans des auberges, préfère les taxis aux voitures officielles des recteurs, surveille le nombre de visiteurs sur le site qu'il a spécialement ouvert. Ce tour de France dispendieux a accru sa notoriété en province.

Il n'empêche, il pensait que l'aventure serait plus aisée. Rue de Grenelle, le ministre Xavier Darcos a vite compris qu'il tenait là un rival. Lorsqu'il a vu, lors d'une visite dans un lycée à Chennevières-sur-Marne, ce grand type affirmer qu'il faudrait « repartir à zéro », comme si sa réforme était nulle, et Nicolas Sarkozy lui tresser des lauriers, il s'est mis à alimenter la presse de toute une série de petits échos ironiques contre son concurrent. Si c'est cela la politique...

Richard Descoings est pris de doutes, pourtant. Il pensait avoir envie de devenir ministre, mais maintenant que l'opportunité se dessine, il hésite. Il aime agir. Il aime être aimé. Les jeunes peuvent facilement aduler « Richie », mais convaincre les syndicats, faire face aux campagnes de presse, c'est autre chose. Lorsque Jean-Claude Casanova l'a prévenu :

« Si vous entrez au gouvernement, il vous faudra tout de suite demander une circonscription », il a senti son cœur se glacer. L'élitiste en lui a toujours nourri un peu de dédain pour les masses. Le roi Richard ne s'imagine pas serrer des mains sur les marchés.

Juste avant la remise officielle de son rapport, Claude Guéant a téléphoné. « Le président veut vous voir. Je ne vous cache pas qu'il évoquera avec vous le ministère de l'Education nationale... » Il va falloir se décider.

Dans les journaux, on évoque déjà son nom comme « nouveau ministre d'ouverture ». Passer, comme Bernard Kouchner, de héros de l'humanitaire à marionnette moquée par les Guignols, il en frémit. Deux jours avant l'appel de Claude Guéant, un des étudiants qui animent le site de la radio de Sciences Po est venu benoîtement lui demander : « Si Nicolas Sarkozy vous propose d'être ministre, que direz-vous ? » Saisi par la vanité, il a répondu avec coquetterie : « On ne refuse rien à un président de la République... » Mais maintenant qu'il constate que le garçon l'a divulgué, il est pris d'une colère noire : « Je vous somme de supprimer ça ! » Au fond, il n'est pas prêt à assumer cette aventure dangereuse.

Autour de lui, les avis sont partagés. Emmanuel Goldstein, qui n'a jamais caché son penchant pour la droite et compte le porte-parole du gouvernement Laurent Wauquiez parmi ses amis, est favorable à un ministère : « Si ce n'est pas toi qui réformes l'Education nationale, personne ne le fera ! » Michel Pébereau, lui, déconseille formellement d'accepter. Depuis les débuts de la crise financière de 2008, le président de BNP-Paribas joue, en vrai parrain du système bancaire, les conseillers du chef de l'Etat et plus encore de sa ministre de l'Economie Christine Lagarde. Le patron du conseil de direction de Sciences Po peut bien fermer les yeux sur les énormes dépenses de son école, pourtant financée pour moitié par l'Etat, il se montre intraitable sur l'ampleur des déficits publics : « La situation est bloquée financièrement, la rue de Grenelle est un piège et la proposition vient trop tard dans le quinquennat », a-t-il analysé. Nadia Marik est hésitante. Elle craint la dureté du monde politique et la curiosité des médias. Elle redoute de voir se briser au premier écueil l'équilibre fragile de celui qu'elle nomme « mon dieu vivant ».

Le rendez-vous à l'Elysée approche. Maintenant, Richard Descoings ressasse comme un mantra sa certitude : « Cela n'a d'intérêt que si on a les moyens de faire une vraie réforme de l'Education nationale. Et je ne les aurai pas. » Parfois, l'angoisse le submerge. « Il faut que tu te prépares à dire non, si tu es déterminé à refuser, a recommandé Olivier

Duhamel. Car je connais la séduction de Sarkozy. Pris dans le feu de l'action, tu risques d'accepter. » Voilà donc le directeur et son « conseiller spécial » répétant dans un café les arguments qui le poussent à décliner la proposition.

Le jour dit, la conversation est bien plus aisée qu'il ne le craignait. Nicolas Sarkozy est trop fin politique pour n'avoir pas compris, avant même de le voir pénétrer dans son bureau, que Richard Descoings ne viendrait pas dans son gouvernement. Claude Guéant l'a prévenu qu'il réclamerait un moratoire sur la réduction des effectifs du ministère et le président n'a pas les moyens budgétaires de renoncer à la suppression d'un poste de fonctionnaire sur deux partant à la retraite. Il n'a même pas insisté.

Et puis, le président n'est plus très sûr que la séduction « Richie » opère si facilement. Ces ministres venus de la société civile n'ont pas toujours le cuir suffisamment épais pour survivre parmi les grands fauves du pouvoir. Un technocrate zélé a aussi fait passer une note au secrétariat général faisant état des rumeurs qui courent sur le directeur depuis la fameuse soirée de Berlin.

Lorsque Richard a pris congé, le chef de l'Etat s'est montré presque soulagé qu'on se quitte bons amis. Puis, il a reconnu devant l'un de ses conseillers : « Il ne lâchera jamais Sciences Po... »

Le 13 novembre 2009, les mêmes se retrouvent

dans la salle des fêtes de l'Elysée, en petit comité. Un cocktail a été préparé pour la cinquantaine d'invités, parmi lesquels on reconnaît le vice-président du Conseil d'Etat Jean-Marc Sauvé, le président de la section du rapport et des études Olivier Schrameck, Casanova et Pébereau, des professeurs, et tous les membres de la direction, Emmanuel Goldstein et Nadia. Peu rancunier, Nicolas Sarkozy a prévu de promouvoir au grade d'officier de l'ordre national du Mérite son ancien émissaire dans les lycées.

Le président est tout sourire. Habituellement, il remet rosettes et décorations par fournées de six ou huit récipiendaires, mais il a voulu une cérémonie consacrée au seul directeur de Sciences Po pour mieux l'honorer. « Il n'a pas fait ça depuis la remise de la Légion d'honneur au ténor Roberto Alagna », assure en initié un courtisan de la rue Saint-Guillaume.

Un mois plus tôt, Marine Le Pen a attaqué en plein débat télévisé sur France 2 le livre du nouveau ministre de la Culture Frédéric Mitterrand, amalgamant homosexualité et pédophilie. Nicolas Sarkozy n'a pas mégoté son soutien à cet ami sensible et amusant de son épouse Carla Bruni, mais l'incident l'a convaincu que Descoings patron de la rue de Grenelle aurait pu devenir la cible de l'extrême droite.

Le président n'a cependant pas oublié ce goût pour la transgression qui les réunit. Voir ce pirate des élites, au milieu de cet aréopage guindé, c'est presque trop tentant pour ce chef de l'Etat qui s'enorgueillit de ne pas avoir fait l'ENA. « Cher Richard... Je jette un coup d'œil au CV que mes conseillers m'ont préparé... Henri-IV, Louis-le-Grand, Sciences Po, l'ENA, le Conseil d'Etat. Cela commence vraiment mal ! Alors je vais laisser mon discours et dire ce que je pense. » Le chef de l'Etat a prévu un dithyrambe pour Descoings et une charge pleine d'ironie contre les grands corps. « Alors même que vous avez accompli le parcours républicain d'excellence, vous ne vous êtes pas laissé emprisonner par les codes... Vous êtes un briseur de frontières qui ne ressemble en rien à ces conseillers d'Etat emplis d'eux-mêmes qui n'ont jamais rien vu de la vie. » La moitié de l'assemblée sourit jaune... Jean-Marc Sauvé, surtout, est outré.

Nadia Marik est radieuse. Jamais la gauche, assure-t-elle, n'a reconnu l'originalité visionnaire de son mari. On trinque « à l'amitié ». Le chauffeur de Richard, Patrick, pose aux côtés du président. Plus tard, lorsque tout Sciences Po découvrira les photos de Nicolas Sarkozy épinglant le ruban bleu au revers de la veste du directeur, ce sera un choc. Les étudiants n'aiment pas voir leur idole en affidé de ce président étrillé par les réseaux sociaux. Il en gardera deux nouveaux surnoms, inventés par les piliers de la péniche : « Richie bling-bling » et, comme le Nixon retors du Watergate, « Tricky Dick ».

Son visage a encore changé. Finis les cheveux gominés et descendant dans le cou, la barbe qui donnait un air de loup-garou à son sourire trop large et tout en dents. Désormais, Richie s'habille comme les présentateurs stars de Canal Plus. Souliers teintés à son choix par le chausseur Berluti, boulevard Saint-Germain, à deux pas de l'école. Chemises blanches impeccables sous un costume de prix. La vedette médiatique a pris congé de son ancienne existence.

Il se prend pour un grand patron. D'ailleurs, chaque fois qu'il en invite un à déjeuner, dans la salle à manger de Sciences Po, il pose la même question : « Quelle est la part de l'instinct dans votre décision stratégique ? », comme s'il voulait se convaincre qu'il leur ressemble. Claude Bébéar, François Pinault, les Rothschild, Marc Ladreit de Lacharrière, ils sont tous contributeurs de Sciences Po ou membres de son conseil d'administration.

Plus personne n'ose lui donner le moindre conseil, lui faire la plus petite remarque. Il règne sans partage et cette folie lui fait parfois perdre sa vista légendaire. Quelques mois avant les printemps arabes, il a destitué de sa chaire l'islamologue Gilles Kepel. « Je suis le directeur et tu as trop pris l'habitude de me contourner », lui a lancé Richard en guise de justification.

La nuit, il poste des morceaux de poèmes et des élucubrations érotiques sur Facebook. Paye au débotté des escort boys de vingt-cinq ans, étudiants aux Beaux-Arts arrondissant leurs fins de mois, pour lui tenir compagnie entre deux rendez-vous. Il peut passer des heures à discuter avec Michel Gardette, l'ancien responsable de la bibliothèque, grande silhouette maigre aux faux airs de saint François d'Assise, dont il a fait son confident et l'un de ses directeurs adjoints. Prendre encore deux heures sur son sommeil pour répondre aux mails des étudiants. Sa soif d'être aimé n'est jamais étanchée.

Jean-Baptiste, le fils du ministre François Goulard, a rendu son tablier de chef de cabinet pour repartir en Bretagne faire de la politique, essoré par ces journées qui ne lui laissaient aucun loisir. Richard l'a aussitôt remplacé par un jeune Corse d'une trentaine d'années au regard sombre, François-Antoine Mariani. De lui, l'Ajaccien Casanova dit qu'il « connaît le prix du sang ». Le père du jeune homme, Paul, maire de Soveria, un beau village au nord de Corte avec son clocher de pierre se détachant sur les montagnes, a été assassiné sous ses yeux. Il n'avait que onze ans. Des années de psychanalyse en ont fait un résilient qui a tout de suite plu à Richard.

Il faut être solide pour ne pas décevoir le « patron ». « Vous serez mes yeux et mes oreilles », dit-il à ses collaborateurs, mais il réclame bien plus. Son entourage doit absorber ses mouvements d'humeur, son stress, ses journées épuisantes. Il faut encore gérer son agenda lorsqu'il part deux ou trois heures à l'Hôtel Lutetia.

Au début du mois d'avril 2011, il est rentré d'un symposium à UPenn, l'université de Philadelphie, avec un formidable œil au beurre noir. « Je suis tombé dans ma baignoire », riait-il devant ses collaborateurs comme s'ils ignoraient ses nuits tumultueuses. Le reporter américain du *Washington Post*, Bob Woodward, était invité par l'Ecole de journalisme : on lui a servi le même mensonge. Les conseillers en communication ont dû trouver un subterfuge pour accompagner la photo de son compte Facebook annonçant deux jours plus tard sa réélection à la tête de Sciences Po. Pour mettre les étudiants de son côté, le cliché de Richie et de son œil tuméfié a été accompagné de cette légende : « Descoings en reprend pour cinq ans… » Le roi Richard vit comme un grand chef un peu fêlé, un nabab exigeant, un enfant perdu.

Son royaume présente pourtant des fissures, depuis les premiers mois de l'année 2011. Devant le nombre de démissions au sein de sa direction, il a dû céder à la demande des syndicats et faire venir le cabinet d'audit Technologia pour évaluer « la qualité de vie au travail ». Averti des mésaventures de son prédécesseur qui, après avoir mis en cause l'omniprésence de Nadia Marik, n'avait plus jamais reparu à Sciences Po, Technologia s'est bien gardé d'évoquer l'épouse du directeur. Mais son rapport pointe la dégradation des conditions de travail, le stress, le manque de considération et l'instabilité permanente. Il souligne surtout que si Richard Descoings « suscite le respect et souvent l'admiration », les réformes mises en œuvre ne prendront leur sens que dans le cadre d'« une évolution du rapport au leader ». Certains salariés ont évoqué leur « peur de parler, de dire non ». Dans son langage diplomatique, Technologia explique que la personnalité du patron « est un moteur de l'action mais peut aussi devenir un facteur contre-productif en inhibant le débat et la régulation ».

Depuis, Richard s'est entouré de « coachs » en management. Il peut bien faire mine de s'en moquer en annonçant tout haut avant chaque rendez-vous : « Je dois voir mes côôôches », c'est une remise en question de son autorité qui lui déplaît.

Richard s'est remis à regarder ailleurs. Le gouvernement a prévu de financer des pôles d'excellence par le grand emprunt. « Sorbonne Paris Cité », projet d'union de huit universités et écoles parisiennes, ambitionne d'être le premier pôle de recherche et d'enseignement supérieur mais se cherche un président. C'est une piste possible.

La politique, encore ? Elle est trop incertaine. Le 14 mai 2011, les espoirs présidentiels de Dominique Strauss-Kahn se sont effondrés dans une chambre du Sofitel de New York et le scandale planétaire a atteint le patron de Sciences Po plus profondément qu'il ne le pensait. Depuis que le professeur star d'économie était devenu directeur général du FMI, à Washington, Richard et Nadia ne manquaient pas une occasion de le solliciter pour des dîners de fundraising. Anne Sinclair (promotion 1972) avait pris la présidence de l'association des anciens, outre-Atlantique.

Il a fallu, après l'affaire du Sofitel, éteindre l'incendie qui menaçait de lancer ses flammèches jusqu'à

Sciences Po. Refuser de répondre aux journalistes avides de raconter la séduction du professeur Strauss-Kahn sur ses étudiantes et supprimer du site de l'école les vidéos montrant le directeur du FMI et l'ancienne star de télévision en hôtes vedettes des dîners américains de collecte de fonds.

Depuis, Richard Descoings s'inquiète de ce « nouveau puritanisme » des médias. Jean-Claude Casanova a proposé d'aller jusqu'à New York visiter DSK, assigné à résidence dans une luxueuse maison de Tribeca. « Pour nous, les Corses, c'est un devoir d'aller voir ses amis en prison », assure le président du conseil d'administration. Richard était prêt à un discret aller-retour jusqu'à ce qu'Anne Sinclair l'assure que la visite serait maladroite, alors que des caméras de télévision campent toute la journée devant chez eux.

Pour ajouter aux ennuis, la Cour des comptes a annoncé un contrôle, en septembre 2011. Les contrôleurs se sont mis à fureter partout. A réclamer les comptes rendus des conseils d'administration, à examiner les contrats et les offres de prêts. A regarder les salaires de la direction, aussi.

Ils ont fini par découvrir une curiosité. Une fois par an, dans la salle à manger de la rue Saint-Guillaume, se réunit un « comité des rémunérations ». C'est le banquier Michel Pébereau qui a proposé à René Rémond sa création en 2005, juste après le mariage de Nadia et Richard, afin d'éviter à ce dernier, disait-il, de fixer la rémunération de son épouse. Pébereau y siège lui-même, ainsi que le président de la Fondation, Jean-Claude Casanova, l'ex-PDG de Renault Louis Schweitzer, le vice-président du Conseil d'Etat Jean-Marc Sauvé et la procureure générale près la Cour des comptes Hélène Gisserot.

La commission ne rédige aucun compte rendu, mais c'est là que se décident les salaires et surtout les primes de la direction de l'école. Oh, il n'y a jamais de très vives discussions parmi ces gens bien élevés. Richard Descoings arrive avec ses fiches d'évaluation sur chacun de ses plus proches collaborateurs et propose la rémunération qui lui paraît convenir. L'universitaire Casanova trouve que « tout cela est un peu artificiel, que cela fait un peu trop entreprise », bien qu'aucun critère ou objectif susceptible de justifier l'attribution d'un bonus n'apparaisse jamais. Mais il apprécie que, lorsqu'on en vient au salaire de Richard et à celui de Nadia, le directeur sorte toujours de la pièce…

Jamais aucun de ces patrons et membres des grands corps de l'Etat ne s'est étonné de l'ampleur des primes accordées. Eux-mêmes perçoivent souvent des rémunérations équivalentes ou, dans le cas de Pébereau et de Schweitzer, bien supérieures. Une fois, ils ont rogné un peu le bonus que Richard avait proposé pour Nadia, estimant que ses résultats pour développer la récolte de fonds privés n'étaient pas si mirobolants. Louis Schweitzer, dont la fille est à Sciences Po, se félicite que « les discussions soient sérieuses mais consensuelles ». Pour rassurer chacun, Michel Pébereau a recommandé à la petite assemblée de faire « un peu de benchmark », c'est-à-dire un tour d'horizon comparatif de ce que gagnent les présidents d'universités… anglo-saxonnes afin de s'aligner sur leurs salaires.

Personne n'a été en mesure de préciser aux contrôleurs de la Cour des comptes quelle instance supérieure avait pu autoriser le versement des primes. L'Etat, qui contribue pour moitié au financement de Sciences Po, n'a manifestement pas été mis dans la confidence. Mais les enquêteurs sont en passe de découvrir que la rémunération annuelle brute du directeur est passée de 315 311 euros en 2005 à 537 247 euros en 2010, soit une augmentation de 70 %.

Depuis que la Cour des comptes a pénétré rue Saint-Guillaume, les rumeurs se sont mises à courir sur ces primes dont la plupart ignorent totalement le montant. Hormis le chef de cabinet de Richard, la directrice financière, la direction des ressources humaines et les membres du comité de rémunération, personne n'a jamais vu la moindre liste.

Et voilà qu'une jeune journaliste à Mediapart a mis son nez dans ce dossier. Jade Lindgaard a déjà publié plusieurs articles sur le « management de la peur » et la communication verrouillée du directeur de Sciences Po. A la mi-novembre, elle a pourtant reçu un courriel étrange : « Jusqu'à présent, je n'ai rien dit. Mais ce qui se passe à Sciences Po est scandaleux. J'ai des choses à vous dire, il faut que l'on se voie d'urgence. » Comme elle ne répondait pas tout de suite, un deuxième mail est arrivé : « Si cela ne vous intéresse pas, il faut me le dire, j'irai voir ailleurs. »

Son informateur arrive un soir, dans la petite rédaction du site d'investigation. Il est tombé « un peu par hasard » sur des documents comptables où apparaissent, au détour de tableaux compliqués, les bonus de la direction. Bien décidée à poursuivre l'enquête, cette fois, la jeune femme a commencé par laisser un message à un responsable syndical. C'est le nouveau directeur de la communication, Peter Gumbel – le septième en sept ans ! –, qui la rappelle. Rue Saint-Guillaume, on commence à s'inquiéter.

Le 5 décembre, Nadia Marik fond comme une tornade dans le bureau du directeur adjoint Hervé Crès : « Mediapart a les primes ! » Il faut réunir une cellule de crise. Autour de la table, la plupart des membres de la direction touchent eux aussi des bonus, mais ils ignoraient jusque-là que Richard Descoings s'était attribué le plus important : plus de 175 000 euros. Le roi Richard, cependant, ne paraît pas inquiet. Il considère que son bilan parlera pour lui.

Le 13 décembre, l'article de Jade Lindgaard fait l'effet d'une bombe. « Les dirigeants de Sciences Po touchent des superbonus. » Alors que les droits d'inscription ont encore augmenté, la journaliste a évalué le montant des primes versées aux dix membres du comité exécutif à 295 000 euros, sans pour autant connaître leur répartition. L'année précédente, assure-t-elle, l'enveloppe était encore plus grosse : 420 000 euros. Elle a aussi découvert que Sciences Po a payé elle-même la plus grosse part de la mission Lycée commandée par l'Etat.

Richard Descoings n'a encore aucune conscience de la tempête qui se prépare. Au moment où le site a mis son article en ligne, l'avion qui l'emporte pour de longues vacances de Noël en famille au Brésil vient juste de décoller.

Le visage tendu, la bouche crispée dans un rictus comme s'il cherchait son oxygène, Richard ressemble à un naufragé perdu dans une mer tumultueuse. Partout, il cherche un morceau de terre ferme et ne trouve rien à quoi se raccrocher. Son retour à Sciences Po a été un calvaire. Autour de la péniche, les étudiants discutent doctement de la légitimité des bonus dans une école censée leur enseigner le sens du bien public. Soixante-dix professeurs ont envoyé une lettre pour exprimer leur déception. Même le bienveillant Alain Lancelot a soufflé, outré : « Du temps où je dirigeais Sciences Po, je ne gagnais même pas le quart de sa rémunération ! »

Ceux que Richard reçoit dans son bureau le trouvent agité, parlant à toute vitesse et de manière incohérente, évoquant un complot ourdi par les syndicats, certains de ses collaborateurs, le Premier ministre François Fillon, même. Nadia Marik court partout, brandissant les salaires des présidents des universités de Harvard ou de Birmingham et hurlant

« On mérite cet argent ! ». Général zélé de son empereur en déroute, elle s'est mise à accuser les proches collaborateurs de son mari de l'avoir trahi.

Les tout premiers jours, lorsque son numéro deux, Hervé Crès, s'est inquiété devant Richard – « Les gens pensent que c'est moi qui ai touché 200 000 euros de primes ! » –, le directeur a eu un sursaut d'orgueil : « Comment peuvent-ils penser que c'est vous ! » Maintenant qu'il entend les commentaires, le chagrin des secrétaires qui déplorent : « Nous pensions que l'on travaillait pour des valeurs communes et on s'aperçoit que c'était pour de l'argent... », il se sent anéanti.

Guillaume Pepy connaît bien ces moments où son ami se laisse couler. Vingt fois, il l'a vu au bord du gouffre. Mais il connaît aussi son ressort. Cette façon de se reprendre et de remonter la pente. Il sait que le moment de la contre-attaque viendra. Le conseiller en communication Pierre Giacometti est déjà prêt à la mettre en musique dès que Richard relèvera la tête. L'ancien ministre Michel Charasse, à qui Richard a téléphoné, a tout de suite cité sa meilleure référence : « Mitterrand disait toujours que quand on a fait une erreur, reculer, c'est ajouter une deuxième connerie à la première... »

Dans ce théâtre d'ombres, les grands doges sont aussi montés au créneau. Jean-Claude Casanova et Michel Pébereau ont accouru dès les premiers jours de janvier pour s'assurer que Richard ne démissionnerait pas. « Pourquoi partir alors que l'école a tellement besoin de vous ? » Les cinq membres du comité des rémunérations s'efforcent d'élever des digues. Publiquement, on ne les entend pas défendre ces fameux bonus qu'ils ont accordés. Louis Schweitzer est aux abonnés absents, Jean-Marc Sauvé et Hélène Gisserot sont invisibles. Mais ils téléphonent eux aussi pour conjurer le directeur de ne pas abandonner. Même le conseiller spécial Olivier Duhamel est remonté d'urgence de sa maison de Sanary-sur-Mer pour conforter Richard : « Tu ne peux pas démissionner, ce serait un aveu... »

Tout le conseil d'administration est angoissé maintenant. Les contrôleurs de la Cour des comptes ont découvert que Sciences Po avait contracté un emprunt sur des valeurs toxiques sans qu'aucun membre de cet aréopage qui dirige entreprises et grands corps de l'Etat ne s'aperçoive de quoi que ce soit. Le PDG d'Axa Henri de Castries et le président de l'Autorité des marchés financiers Jean-Pierre Jouyet s'inquiètent pour leur réputation. Marc Ladreit de Lacharrière, dont l'agence de notation Fitch a toujours évalué favorablement Sciences Po, fait le gros dos. Il faut que Descoings, avec son charisme et son carnet d'adresses magique, tienne la forteresse.

On le prenait jusque-là pour le *Wunderkind* de l'époque et voilà que tout craque. Le symbole de l'ouverture des élites suscite désormais la méfiance : quoi, il défendait les enfants de banlieue et gagnait autant d'argent ? Jusque-là, chacune de ses réformes était saluée. Mais sa volonté de supprimer l'épreuve de culture générale au concours d'entrée, annoncée au début janvier, provoque une levée de boucliers parmi les intellectuels. De Michel Onfray à Jean d'Ormesson, de Philippe Sollers à Emmanuel Todd, de Marc Fumaroli à Régis Debray, on l'accuse de « sacrifier Voltaire, Stendhal, Aristote et Cicéron sur l'autel d'une modernité mal comprise ». Il était à la mode, il est devenu bling-bling.

Nadia Marik, surtout, est outrée que Nathalie Brafman, du *Monde*, ait écrit au détour d'un portrait qui lui était consacré ce que tout le monde sait : elle a épousé Richard Descoings « à la surprise générale, lui qui n'a jamais caché son homosexualité ». Plus encore que les critiques sur les primes ou sur ses réformes, cette phrase lui paraît insupportable. Un collaborateur devant lequel elle s'insurgeait a rétorqué : « Et alors ? » Il a été fusillé sur place d'un « C'est dégueulasse ! ». Richie, qui s'affichait jusque-là sans complexe, parle d'un « outing forcé », furieux qu'on ait pu blesser sa femme et ses beaux-enfants qu'il élève comme un père. Autour du couple, on ne sait plus très bien sur quel pied danser.

Le duo se méfie de tout et de tous. Quelques mois auparavant, Hervé Crès apparaissait comme un successeur potentiel. Richard avait déblayé le terrain pour ce garçon brillant, carré, séducteur. « Un hétéro flamboyant », riait-il. Désormais, il est jugé trop tiède. En conseil de direction, Richard Descoings a demandé à chacun : « Défendez de façon offensive vos primes, sinon je considérerai que c'est une faute grave ! » Comme il sentait de la défiance, il a publié les écarts de salaires direction par direction. Dans celle de Crès, qui comprend beaucoup de secrétaires, les écarts sont élevés entre la rémunération du directeur adjoint et celle des plus petits employés. Dans celle de Nadia, qui ne compte que des cadres, l'écart est réduit. Le mathématicien connaît l'effet politique que peuvent avoir les chiffres. Il en a conclu qu'il était perdu.

Il n'a pas tort. Sur les conseils de Guillaume Pepy, Richard Descoings s'est rapproché de David Azéma, le numéro deux de la SNCF, avec lequel les deux amis entretiennent des rapports confiants. Quelques années plus tôt, Azéma a eu ce geste éclatant : il a fait don à Sciences Po de 440 000 euros, une part des stock-options qu'il venait de toucher en quittant le groupe Vinci. Désormais, ils discutent ensemble de l'avenir de Sciences Po.

A la fin du mois de janvier, Richard répond à une longue interview dans *Libération*. « Si je trouve que je suis trop payé ? La réponse est non ! » C'est pourtant la photo accompagnant l'article qui sème l'effroi. Richard a voulu poser en gisant. Allongé, les mains jointes dans une prière, le visage fixe et tendu vers le ciel. Comme s'il signifiait aux autres : « Vous voulez me tuer, mais vous verrez, je vais vous manquer… »

Il cherche désespérément une issue. C'est terrible, un homme qui voit son pouvoir l'abandonner. Il y a encore quelques mois, il était partout sollicité, désormais il impressionne moins.

Grâce à son brio, Sorbonne Paris Cité a décroché une dotation publique de 800 millions. Les autres patrons d'université hésitent cependant à le placer à la tête du projet. Malgré le scandale, Descoings a réclamé 40 000 euros de salaire par mois à ces présidents de faculté qui en gagnent à peine 7 000. « C'est vous qui êtes mal payé ! ose-t-il. Mais allez-y, faites-moi des propositions sur ce que vous pensez que je vaux. » Après des heures de discussion, ils lui écrivent une lettre pesée au trébuchet pour le prévenir que sa rémunération sera « dans les normes en vigueur au sein de la communauté universitaire ». Humilié, Richard répond à leur mail par deux lettres : « OK. » Il n'est plus en position de s'imposer.

Le vent paraît avoir tourné. La bataille présidentielle bat son plein et la gauche semble, pour la première fois depuis dix ans, en position de l'emporter. Par Guillaume Pepy, Richard Descoings connaît Martine Aubry, mais il a toujours ignoré François

Hollande, qui vient d'être désigné aux primaires candidat du PS. Il faut d'urgence le rencontrer. Rendez-vous est pris au siège de campagne du candidat. Le jour dit, cependant, ni François Hollande, ni son conseiller Manuel Valls, ni son allié Montebourg ne sont là pour l'accueillir. Pour celui qu'on donnait ministre d'ouverture de la droite, le leader socialiste a dépêché son chef de cabinet, Faouzi Lamdaoui.

Comme pour se rassurer, Richard invite aussitôt à déjeuner Michel Gaudin, l'organisateur de la campagne de Nicolas Sarkozy. Si le président est réélu, dit-il, il sera prêt à l'aider. Accompagné de l'ancien ministre de la Culture du Liban Ghassan Salamé, désormais directeur de l'Ecole d'affaires internationales de Sciences Po, il va voir aussi Jean-David Levitte pour proposer au sherpa de Nicolas Sarkozy un séminaire rue Saint-Guillaume. Est-il seulement dupe de cette comédie qu'il s'efforce encore de jouer ?

Le directeur ne dort plus. Chaque nuit, il cherche sur Internet les commentaires que l'on fait sur lui. Tente de donner le change sur Facebook comme au temps de Richie le flamboyant, mais il est atteint. Nadia a si peur pour lui qu'elle a interdit à ses collaborateurs de lui commander ces taxis-motos qu'il aime prendre pour circuler dans Paris. Elle réclame qu'on allège son agenda, tance les secrétaires de son mari : « Vous allez le faire mourir d'épuisement ! »

Il a prévu de partir à New York au tout début du mois d'avril pour un symposium sur l'éducation, à l'ONU. Quelques jours avant son départ, Nadia et lui dînent avec Olivier Duhamel et son épouse Evelyne Pisier. Il paraît d'une si grande fragilité que Duhamel entreprend de le convaincre qu'il a encore des choses à accomplir. Plus tard, dans la soirée, il recevra un texto rédigé avec ces mots d'enfant : « Merci. Sans toi, je serais mouru. »

Rue Saint-Guillaume, lorsqu'il s'enferme dans son bureau, ses collaborateurs guettent les bruits avec inquiétude. Il boit trop, puis se lance dans des phases d'abstinence qui ne durent pas. En déjeunant, une semaine plus tôt, avec Bertrand Badie, un professeur dont l'érudition et l'indépendance l'agacent, il a refusé apéritif et vin. « Allez-y vous ! Moi, une goutte d'alcool me serait fatale. » Il voudrait s'étourdir, se reprend. Il donnerait dix ans de sa vie pour que cette tension atroce s'évanouisse.

Jean-Claude Casanova, stupéfait par son visage creusé, l'a engagé à profiter de ce voyage à New York : « Promenez-vous ! Là-bas, les ciels sont magnifiques. » Deux jours avant son départ, Richard Descoings a posté le *Dies Irae* du *Requiem* de Mozart sur son compte Facebook. Puis, le matin du 1er avril, il a pris l'avion à Roissy.

Huit heures de vol en classe affaires, dans l'avion pour New York. Chacun s'est arrangé pour passer confortablement la traversée de l'Atlantique. Derrière le ronflement assourdi des réacteurs, on perçoit seulement la vibration des pas de l'hôtesse qui monte et descend les travées.

Richard Descoings n'a dormi que quelques minutes. Après le premier plateau-repas, il a plongé dans ce brouillard cotonneux qui lui tient lieu de sommeil depuis trois mois sans lui apporter ni repos ni oubli. Il s'efforce maintenant de remonter la pente glissante des apparences. Si ses collaborateurs étaient là, ils reconnaîtraient ce masque et cette voix douce que leur patron adopte lorsque son esprit s'évade mais que son corps continue à jouer la comédie sociale.

A ses côtés, le biologiste François Taddei le croit en pleine forme, trompé par ce sourire accroché sous l'ombre des yeux noirs. Lorsque Descoings est venu le chercher avec son chauffeur, le chercheur n'a rien remarqué. « Le regard un peu fiévreux… peut-être ? Il fumait pas mal, oui… » Quand on l'interrogera plus tard, Taddei, avec sa barbe de savant et ses diplômes à rallonge, échouera devant ce petit examen du souvenir. Aucun indice ne l'a alerté. Seule une image surnage toujours dans sa mémoire. Il se revoit, lui, volubile et enthousiaste, ficelé par sa ceinture de sécurité et, sur le siège d'à côté, le sourire trop large du directeur de Sciences Po.

Tout de même, ce voyage est un dérivatif. François Taddei, avec son visage rieur et son intelligence ardente, est un compagnon agréable. C'est un passionné de jeu d'échecs. Pour plaire à Richard, il l'a fait inviter à dîner chez l'ancien champion du monde Garry Kasparov et sa femme Daria et, malgré la fatigue, ils ont sauté dès l'atterrissage dans un taxi pour rejoindre l'appartement de leurs hôtes, au cœur de Manhattan.

Le Russe s'y réfugie lorsque ses campagnes contre Vladimir Poutine tournent au vinaigre à Moscou. Avec son visage bistré, ses yeux noirs et son américain à peine teinté d'accent, c'est peu dire qu'il a emballé ses convives. Sa guerre d'opposition contre Poutine est rude et il n'est pas sûr de l'emporter à court terme, mais il croit en l'éducation démocratique des jeunes générations. Vers vingt-deux heures, les Français sont repartis enchantés. Mais Richard accuse le manque de sommeil.

Comme les autres délégations du symposium, l'université Columbia les a logés à l'hôtel Michelangelo, un établissement luxueux au cœur de la ville, sur la 51e Rue, à deux pas de Times Square et du Radio City Music Hall. C'est un endroit sans vrai charme, dont les publicités vantent les origines italiennes des fondateurs, mais qui paraît typiquement américain, avec son grand hall à colonnades de marbre, ses chambres confortables et leurs lits *king size*. Richard Descoings s'y est endormi comme une masse, réveillé peu après par son horloge biologique restée à l'heure française. A New York, il fait encore nuit.

Le directeur a eu tôt fait de se connecter à son compte Facebook. Plusieurs messages l'attendent déjà. Un joli garçon tout juste diplômé lui demande un peu trop froidement « comment faire pour enseigner à Sciences Po ». Auprès d'un autre il minaude : « J'ai rêvé de vous... » Des centaines de « j'aime » figurent sous la chanson de Barbara, postée quelques semaines auparavant. C'est donc que Richie n'a pas entièrement perdu son charme.

Il est trop tard pour se rendormir. Dès le matin, il doit enchaîner une série de rendez-vous afin de récolter de l'argent pour Sciences Po. Ceux qui l'ont vu, lors de cette dernière journée, n'ont rien perçu de ses angoisses. Il est épuisé, amaigri, il sort sans cesse pour fumer, mais personne ne s'en inquiète. « J'ai parfois l'impression d'être seul au milieu de la foule », a-t-il écrit un jour à un étudiant qui s'illusionnait sur l'importance de ses réseaux mondains.

Il a prévu de retrouver un petit groupe d'élèves de Sciences Po partis à Columbia pour un an. Evidemment, la troupe des jeunes Français a suivi sur Internet le scandale de sa rémunération. Ils ont lu ses justifications sur Facebook où la plupart des étudiants sont « amis » avec le directeur. Mais Richie a tout de suite centré la conversation sur eux, leurs cours, leurs découvertes, leurs amitiés. Il n'est de meilleur bouclier que le narcissisme. Ils ont remisé leurs interrogations dans leurs poches et lui, prenant ce silence pour un pardon tacite, est parti regonflé.

Ce n'est que le soir qu'il a retrouvé Taddei, dans la résidence du président de cette université Columbia qui fait tant rêver les Français avec ses bibliothèques, sa rue piétonne et son campus arboré en plein Manhattan. Au dîner, le gratin des universités anglo-saxonnes est là. Les présidents de Harvard, de Princeton ou de la London School of Economics, et Richard, si fier d'être admis depuis quelques années dans ces assemblées où les Européens et plus encore les Français sont rares. Ban Ki-moon est l'hôte d'honneur et, alors qu'un micro passait de table en table, on a vu le directeur de Sciences Po se lever pour interroger le secrétaire général de l'ONU sur l'intervention militaire en Syrie. C'est là qu'un photographe a saisi le cliché qui servira, une semaine plus tard, à orner l'église lors de son enterrement.

Nadia Marik ne comprend pas. Au téléphone, elle écoute ce chef de la police américaine qui lui parle avec précaution mais elle n'a toujours pas saisi la signification des mots qui grésillent dans l'écouteur. Plus tard, elle racontera la scène, grotesque et tragique, à ses amis. La voix lente à l'accent nasillard à des milliers de kilomètres qui lui répète doucement « *I'm sorry, your husband passed away* » et elle, incapable d'intégrer le sens de ce qu'on lui assène, jusqu'à ce qu'on traduise pour elle : « Il est mort. »

Depuis des heures, Nadia appelle partout. Habituellement, lorsque Richard part à l'étranger, il ne manque jamais de lui téléphoner dès son réveil. A Paris, son mari peut s'échapper, mais lorsqu'il voyage, il l'abandonne rarement longtemps sans nouvelles. Ces derniers mois ont été si difficiles... Il est impossible qu'il laisse sa femme s'inquiéter si longtemps.

Ce mardi 3 avril, pourtant, il faut bien se rendre à l'évidence : Richard Descoings paraît s'être volatilisé. Son compte Facebook n'a pas été ouvert depuis la veille au soir, heure de New York. Nadia a tenté de reconstituer son emploi du temps, à coups d'appels impérieux puis inquiets et enfin suppliants aux conseillers et aux amis du directeur. Les maigres informations recueillies ont laissé planer le mystère sur ces dernières heures.

Rentré dans le bus de sa délégation jusqu'à l'hôtel, Richard a quitté ses collaborateurs dans le hall du Michelangelo. Des voisins diront plus tard qu'ils ont entendu, vers deux ou trois heures du matin, du bruit dans la chambre 723, au septième étage. Puis, plus rien.

A huit heures trente, le petit groupe qui l'accompagnait s'est étonné de ne pas le trouver, comme convenu, devant l'hôtel. François Taddei a fait appeler sa chambre. En vain. A Columbia, l'économiste Joseph Stiglitz devait prononcer la conférence inaugurale sur la crise des subprimes et il faut au moins une demi-heure de car pour remonter la cinquantaine de blocs séparant l'hôtel du campus. La petite troupe est partie sans lui. A neuf heures, un garçon d'étage, dépêché par les responsables du symposium devant la chambre 723, est redescendu en affirmant que le client « ronflait ».

Toute la matinée, le patron des affaires internationales Francis Vérillaud et Taddei ont appelé l'hôtel encore et encore. Au déjeuner, l'absence de Richard est devenue franchement inquiétante. Cette fois, un peu avant treize heures, un agent de sécurité de l'hôtel est monté jusqu'à la chambre. On l'a trouvé là, étendu nu sur son lit. Sans aucune trace de coup. Mort.

Guillaume Pepy manque s'effondrer en apprenant la nouvelle. Du Canada d'où il a prévenu ses proches, il répète : « Ils l'ont tué, ils l'ont tué ! » Depuis des semaines, il s'est inquiété cent fois devant la pâleur de Richard. Ces attaques dans la presse… Il est sûr que son ami a fini par ne plus les supporter.

En pleine campagne, Nicolas Sarkozy, alerté par le consul de France à New York, s'est isolé avant un meeting pour appeler Guillaume. Il a promis son intervention personnelle auprès du président américain pour que l'enquête ne vire pas au déballage. En France comme aux Etats-Unis, personne ne sait encore à quoi s'en tenir sur cette mort mystérieuse.

A Paris, le cercle des proches a d'abord couru chez Nadia Marik avant de foncer jusqu'à Sciences Po. Emmanuel Goldstein est arrivé parmi les premiers rue Saint-Guillaume, tout juste sorti d'un dîner avec le ministre de l'Enseignement supérieur et de la Recherche, Laurent Wauquiez. Le banquier de Morgan Stanley a croisé sur le trottoir David Azéma. Le directeur général délégué de la SNCF est le plus proche collaborateur de Guillaume Pepy. C'est un animal à sang froid, habitué des crises, et Pepy, avant de rallier New York, lui a demandé de veiller à « préserver la mémoire de Richard... ». Azéma a aussitôt fait venir rue Saint-Guillaume Patrick Ropert, le directeur de la communication de la société ferroviaire. C'est que, depuis que la nouvelle de la disparition de l'emblématique directeur de Sciences Po est publique, circulent les informations les plus diverses. Eux non plus ne sont pas très sûrs que, derrière la mort, ne couve pas le scandale. Il faut verrouiller l'information.

Ils ont tous investi, au deuxième étage, le bureau d'Hervé Crès. Le numéro deux de Sciences Po vient d'arriver à son tour avec Michel Gardette. Le premier, encore incrédule, est d'abord passé chez Nadia. Le second pleure, par à-coups, dans l'embrasure de la fenêtre.

A ce petit groupe sous le choc, s'est adjoint François-Antoine Mariani, le chef de cabinet de Richard. Tandis que Gardette est secoué de sanglots, Mariani affiche un calme à toute épreuve. Le jeune Corse garde la réserve de ceux qui sont habitués à tenir la douleur éloignée.

Personne, dans cette assemblée, n'imagine un assassinat, mais tous craignent le fracas d'une soirée inavouable. Ils savent Richard capable d'amener un inconnu jusqu'à sa chambre. New York, les voitures de police, un hôtel de luxe... Un an auparavant, la carrière et l'image de Dominique Strauss-Kahn ont explosé dans un décor semblable. Le consul général de France, Philippe Lalliot, avait dû visiter le patron du FMI en cellule. Le nom du diplomate figure déjà sur les dépêches d'agence, seul représentant officiel français au Michelangelo. « Il faut éviter l'assimilation avec DSK », a décidé la cellule de crise.

Déjà, on a appelé Jean-David Levitte à l'Elysée. C'est l'apanage du pouvoir que de savoir se prémunir contre une menace. La police, la presse, il faut tout tenir. Le sherpa de Nicolas Sarkozy connaît parfaitement les Etats-Unis, l'administration Obama et les autorités new-yorkaises. Respectant la promesse présidentielle, il obtiendra bien que les premières informations sur les visiteurs de la chambre 723 soient filtrées avant d'être livrées aux journalistes qui, déjà, font le pied de grue devant l'hôtel. Dans quelques heures, les journaux télévisés du matin, les radios ouvriront sur la nouvelle. Il faut leur fournir un matériau susceptible de contrebalancer les lumières tournoyantes des flics et les supputations des reporters.

La voilà, l'image que les communicants réunis à Sciences Po ont trouvée, le soir de la mort de Richard. Organiser l'émotion d'une communauté pour faire contrepoids aux insinuations sordides. Ils s'y sont attelés tout de suite. « Il faut que tu parles demain matin, que tu dises ce qu'était Richard pour toi », a intimé le patron de la communication de la SNCF à Hervé Crès. Le directeur adjoint séchait, pourtant. Que dire ? Que les dernières semaines ont été si tendues que les deux hommes se parlaient à peine ? Qu'à Noël, Richard n'avait même pas répondu à son message de vœux et ne lui opposait plus qu'une ironie glaçante ? Qu'il savait déjà son sort scellé et que la mort de Richard rend désormais la succession possible ? Alors Patrick Ropert, en expert des crises, des déraillements de train et des deuils collectifs, a tracé sur une feuille de papier une trame en trois parties, soulignant les hommages, l'œuvre exceptionnelle, l'homme proche des étudiants, scandées d'un « c'était tout Richard ». Comme s'il fallait dessiner un cercle magique de regrets poignants qu'aucune autre figure, plus sombre et moins unanimement célébrée, ne viendra altérer. Puis on a préparé les communiqués afin d'occuper les médias et chacun a appelé son cercle d'influence, ministres, professeurs, journalistes et étudiants pour fournir le chœur des hommages.

A minuit, un appariteur est venu prévenir qu'une cinquantaine de jeunes gens attendaient devant la porte de Sciences Po. On a fait ouvrir la péniche. A deux heures du matin, ils étaient plusieurs centaines d'élèves, alertés par leurs textos et les réseaux sociaux. On a allumé des bougies, certains ont déposé des fleurs. A quatre heures, lorsque Nadia est passée, avant de prendre le premier avion pour New York, l'assemblée des étudiants a fait silence, tétanisée par ce visage figé de douleur. « Si vous croyez en quelque chose ou en quelqu'un, priez pour Richard... », a-t-elle dit doucement.

Au petit matin, lorsque les télévisions ont déferlé, elles ont cru filmer la mort d'une rock star. Ou celle d'un gourou. La fin de Lady Diana et celle de Steve Jobs, ces chagrins collectifs sous l'œil des caméras. L'amphithéâtre Emile-Boutmy avait été rebaptisé d'une banderole « amphi Richard-Descoings ». Des bouquets et des petits mots étaient rassemblés comme sur un autel.

Le ministre de l'Enseignement supérieur et de la Recherche, Laurent Wauquiez, a débarqué tôt pour raconter ses souvenirs d'ancien étudiant et la façon dont Descoings avait « métamorphosé » Sciences Po et en resterait « l'un des grands directeurs ». Puis Hervé Crès a prononcé son discours, « c'était tout Richard... », dans le jardin de Sciences Po. Il faisait doux comme un matin d'avril. Sur les écrans, les lumières rouges et bleues de la police, là-bas à New York, n'apparaissaient plus que par intermittence, dans un halo clignotant. Bientôt, elles furent remplacées par l'image de ces centaines d'étudiants, réunis pour un dernier hommage. Les caméras ont adoré filmer cette foule juvénile et recueillie, au pied du bureau du défunt directeur, dont les deux fenêtres étaient restées fermées.

Après l'autopsie, le bureau de médecine légale de la police new-yorkaise a réclamé des tests toxicologiques supplémentaires sans trouver trace de barbituriques ou de drogue. La rumeur avait couru qu'on avait retrouvé l'ordinateur et le téléphone de Richard sur un parapet, quatre étages plus bas. L'information n'a jamais été confirmée par les enquêteurs. La vérité est que ces derniers n'ont eu aucun mal à reconstituer, à partir du disque dur du portable du directeur de Sciences Po, ses recherches virtuelles sur Planet Romeo, ce site international d'escort boys auquel il avait parfois recours. Ils ont retrouvé sans difficulté les deux garçons appelés par Richard et le porte-parole du NYPD Paul Browne a dû admettre que « d'autres personnes avaient pu se trouver à un moment donné dans la chambre et que de l'alcool y avait été consommé ».

La famille Ciesinski, qui logeait dans la chambre voisine, a été interrogée, comme tout le personnel de l'hôtel. Sur les vidéos de l'hôtel, on pouvait voir distinctement Richard ouvrir la porte de sa chambre pour faire sortir ses visiteurs de la nuit, un peu avant cinq heures du matin.

Peu à peu, il a fallu écarter l'hypothèse d'un suicide. Jamais il n'a été question d'une mort suspecte. Devant les rumeurs, Guillaume Pepy a cependant téléphoné aux directeurs des journaux qu'il connaissait pour leur demander de « ménager la mémoire de Richard ».

Deux mois plus tard, Ellen Borakove, la porte-parole des services médico-légaux de la ville de New York, a affirmé que le certificat de décès faisait officiellement état d'une maladie cardiaque associée à une « hypertension ». Nadia Marik a expliqué à chacun des amis qui venaient la voir que l'autopsie avait révélé « de minuscules fissures dans le cœur » de son mari, ayant probablement provoqué la mort dans son sommeil. Richard Descoings était parti sans s'en apercevoir.

Longtemps, même les plus durs contempteurs de Nadia se sont souvenus de sa silhouette bouleversante de veuve et de son visage sous une mantille noire, remontant l'allée centrale de l'église Saint-Sulpice, lors de la messe d'enterrement. Nombre de ceux qui pleuraient en silence dans la nef l'avaient détestée pour son autorité coléreuse et l'empire qu'elle avait sur son mari. Il y avait dans l'assistance des chargés de mission qui la rendaient responsable de leur disgrâce et d'anciens amants qui enviaient son amour. Guillaume ne l'a pas quittée pendant toute la cérémonie, dévasté et veuf lui aussi de ce compagnon de trente années.

Pour faire taire les critiques, la cérémonie avait été conçue comme une démonstration spectaculaire. Trois ministres, François Baroin, Valérie Pécresse et Laurent Wauquiez, chantaient, au premier rang, avec le chœur des élèves de Sciences Po. Les membres du comité des rémunérations faisaient bloc juste derrière, au côté de tout le conseil d'administration de l'école.

Olivier Duhamel, le « conseiller spécial » de Richard, qui se démenait depuis huit jours pour défendre le bilan du directeur, a pris la parole dans la nef : « Avez-vous déjà vu autant d'élèves venir en pleine nuit dans leur établissement pleurer la mort de celui qui le dirigeait ? Jamais, jamais. Avez-vous déjà vu, le lendemain, une telle foule de professeurs, d'étudiants, de salariés d'un établissement d'enseignement rendre à leur directeur un tel hommage en un silence de douleur et d'admiration ? Jamais, jamais. L'avez-vous vu dans d'autres administrations, d'autres entreprises ? Avez-vous déjà vu, en France, pareil hommage d'une institution publique la dépasser et susciter l'attention, l'émotion de larges parties de la société, pour la mort d'un serviteur de l'Etat ? Jamais, jamais. »

Jean-Claude Casanova a préféré piocher dans sa bibliothèque d'érudit *Les Grands Cimetières sous la lune*, de Georges Bernanos, pour dire de sa voix de basse, devant le cercueil, les mots de l'écrivain catholique.

Lorsque la cérémonie a été terminée, Guillaume, Nadia et ses enfants sont partis pour le Vaucluse. L'inhumation a eu lieu à Pernes-les-Fontaines, dans le petit cimetière du village, entre intimes de Richard.

La guerre de succession à la tête de Sciences Po a duré près d'un an. Jean-Claude Casanova et Michel Pébereau ont pris les choses en main pour défendre un héritage qui était aussi un peu le leur. Pendant des mois, ce duo si dissemblable a bataillé contre le gouvernement, la Cour des comptes et la presse. Il fallait les voir prendre le bras des questionneurs importuns en leur intimant à voix basse : « Vous allez tuer Richard une seconde fois ! » Dans son bureau, sur la montagne Sainte-Geneviève, la ministre de l'Enseignement supérieur et de la Recherche, Geneviève Fioraso, avait fini par s'en agacer : « On me dit que c'est l'attitude tatillonne de l'Etat qui a provoqué la mort de Richard Descoings, pestait-elle, mais c'est sa vie qui l'a tué ! »

Pour finir, tous les candidats qui n'étaient pas issus des grands corps de l'Etat ont été écartés. C'est Frédéric Mion, ce conseiller d'Etat qui avait précédé Nadia Marik à la tête de la section service public de

Sciences Po, qui a été désigné. La légende assurait que Richard Descoings l'avait lui-même présenté ainsi, seize ans plus tôt, à ses collaborateurs : « Il est normalien, diplômé de Sciences Po, énarque… alors vous savez à quoi vous pouvez vous attendre. » Comme s'il dirigeait encore un peu d'outre-tombe.

Nadia Marik a quitté Sciences Po, à l'automne qui a suivi la mort de son mari, pour retourner au tribunal administratif de Paris. Emmanuel Goldstein a été écarté du conseil de direction de l'école, mais continue de donner des fêtes pour le Tout-Paris. Après la publication de son rapport définitif mettant en cause « la gabegie » financière et la gestion des années Descoings, la Cour des comptes a décidé de saisir la Cour de discipline budgétaire et financière. La composition du conseil d'administration de l'école n'a pas été modifiée pour autant. Ceux qui composaient le comité des rémunérations y siègent toujours. Lorsqu'il a fallu remplacer Nadia Marik à la tête de la stratégie et du développement de Sciences Po, Frédéric Mion a d'ailleurs choisi de nommer à son poste Brigitte Taittinger, l'épouse de Jean-Pierre Jouyet, cet inspecteur des finances autrefois membre du conseil d'administration devenu secrétaire général de l'Elysée auprès de François Hollande.

Pendant un an, l'administration de l'école a entrepris de rebaptiser, rue Saint-Guillaume à Paris et dans les antennes décentralisées de Menton ou du Havre, des amphis et des bibliothèques du nom de Richard Descoings. Chaque fois, Guillaume et Nadia ont assisté aux discours d'hommage côte à côte.

Ils ne sont pas seuls, pourtant, à le pleurer encore. Il y a quelques mois, l'un de ses anciens collaborateurs m'a assuré qu'il faisait toujours le même rêve récurrent : « Je le vois se relever de son cercueil et traverser la péniche en serrant des mains. » J'ai rencontré des dizaines d'étudiants émus à son souvenir. Un jour que j'arrivais dans le petit studio de l'un d'entre eux, diplômé de Sciences Po après y être entré grâce à la procédure réservée aux lycéens de ZEP, j'ai tout de suite vu au-dessus de son lit un immense calicot où était peint son visage. Dessous, on pouvait lire : « Ne renoncez à rien. » Signé Richie.

De la rue Saint-Guillaume aux universités du monde entier, des couloirs de l'Elysée aux bureaux du Conseil d'Etat, des associations gays aux bars du Marais, beaucoup de ceux qui avaient connu « Richie » m'ont accompagnée dans cette enquête.
Amis, collaborateurs, professeurs, étudiants, responsables politiques, ils sont près d'une centaine à m'avoir raconté cette histoire. Qu'ils en soient remerciés.

Enfin, jamais ce récit n'aurait été possible sans les conseils, les discussions et les lectures partagés avec mon éditeur, Christophe Bataille, ni le regard acéré et tendre de mon mari, Denis.

Quelques ouvrages m'ont aussi éclairée sur l'époque ou certains de ses aspects :

Richard Descoings, *Sciences Po. De La Courneuve à Shanghai*, Presses de Sciences Po, 2007.

Richard Descoings, *Un lycée pavé de bonnes intentions*, Robert Laffont, 2010.

Cyril Delhay, *Promotion ZEP. Des quartiers à Sciences Po*, Hachette Littératures, 2006.

Daniel Defert, *Une vie politique*, entretiens avec Philippe Artières et Eric Favereau, Seuil, 2014.

Emmanuel Hirsch, *Aides. Solidaires*, Cerf, 1991.

Frédéric Martel, *Le Rose et le Noir. Les homosexuels en France depuis 1968*, Seuil, 2008.

Cet ouvrage a été imprimé en France
par CPI Bussière
à Saint-Amand-Montrond (Cher)
en mai 2015

*Composition par Nord Compo Multimédia
7, rue de Fives, 59650 Villeneuve-d'Ascq*

N° d'édition : 18895 – N° d'impression : 2016342
Première édition, dépôt légal : avril 2015
Nouveau tirage, dépôt légal : mai 2015